LE TOMBEAV

DE

MICHEL ABADIE

MICHEL ABADIE

à trente ans

LE TOMBEAV
DE
MICHEL ABADIE
(1866-1922)

FLORILÈGE

précédé d'une étude biographique,
suivi d'opinions sur le poète,
de notes bibliographiques,
orné de quatre portraits, dont trois hors-texte
et d'un autographe.

Edition des CAHIERS DU CENTRE
16, Boulevard Chambonnet, MOULINS

MCMXXIV

MICHEL ABADIE

Notice Biographique

A mi-chemin, entre Lourdes et Argelès, dans les Hautes-Pyrénées, au bord du gave de Pau, la bourgade d'Ayzac-Ost semble tapie au pied de montagnes boisées. C'est là que naquit, en 1866, Michel Abadie, dans une petite maison haute d'un étage, où se dressait l'enseigne du débit de tabac, et qu'on peut voir encore toute proche de l'église. Dominant le village, émergeant d'une châtaigneraie touffue, s'aperçoivent les ruines du château que détruisit un incendie voici quelques années. Le père de Michel Abadie, jardinier de son état, y exerça longtemps les fonctions de régisseur. Ce beau domaine, fleuri d'hortensias et de lauriers-roses, avec sa terrasse ombreuse qui dominait la vallée splendide, fut le décor où s'écoula l'enfance heureuse du poète, égayée par le rire frais et gai de ses trois sœurs plus jeunes.

Dans l'excellente étude qu'il lui a consacrée, M. Fernand Clerget a indiqué l'influence de ces paysages pyrénéens sur la vocation poétique de Michel Abadie : « Il baignait son âme dans cette ivresse généreuse des fleurs parfumées et des belles eaux limpides, des oiseaux remuants et chantants, des travaux champêtres. Il errait de merveille en merveille... Élève à l'école primaire, il préférait l'enseignement instinctif que l'on reçoit des visions et des voix naturelles ».

Touchés par son intelligence éveillée, ses parents n'hésitèrent pas à envoyer le jeune montagnard au lycée de Tarbes. Michel Abadie y fit d'excellentes études, qu'il devait interrompre au bout de quatre ans, à la suite de revers de famille.

Michel Abadie avait à peu près quinze ans, et vers cette époque, à Tarbes, ayant fait la rencontre de Jules Laforgue, il s'établit entre l'adolescent et l'auteur des Moralités légendaires *des liens d'amitié qui durèrent jusqu'à la mort de celui que Verlaine a classé parmi les poètes maudits. Il n'est pas douteux que Jules Laforgue initia le jeune homme aux mystères de la poésie « décadente » et lui permit de prendre contact avec la littérature contemporaine.*

Il fallait vivre, cependant. Un compatriote des Hautes-Pyrénées, qui exerçait, dans le Cher, les fonctions d'inspecteur primaire, proposa au jeune homme de lui trouver un poste d'instituteur dans ce département. Abadie se décida à accepter et fut nommé, en 1885, instituteur adjoint à Bourges.

Cette subite transplantation, loin de ses natales vallées, semble lui avoir été très pénible. Il a la nostalgie de sa montagne. Aussi l'année suivante, après avoir demandé un congé, retourne-t-il à Tarbes. Il y collabore à des journaux locaux, y fait la connaissance d'Armand Silvestre et de Laurent Tailhade, y fonde une revue, La Fraternité littéraire. *Il publie un petit recueil de poésies écrites en langue bigourdane :* Pécats de Youénesso *(parla d'Ariélès). « Ces poèmes en langue bigourdane, remarquait Victor Pujo dans* Les Pyrénées, *sont animés de fraîcheur, de simplicité et de grâce. Ce sont des églogues pastorales dont plusieurs rappellent les chansons précieuses du poète Despourrins ».*

Cependant, l'Administration académique du Cher avait mis en demeure Michel Abadie de choisir entre le journalisme et l'enseignement.

C'est ainsi qu'il revint, définitivement cette fois, dans ce Berry, devenu sa province adoptive, dans ce Berry dont il devait pénétrer par la suite le charme profond, et où il allait trouver des esprits fraternels comme Stéphane Servant, Albert Perrin, Sylvain Lasseur, le statuaire Jossant, Abel Tortrat, etc., de qui la fidèle amitié lui fut si précieuse et bienfaisante. Désormais, l'enseignement n'était plus pour lui un gagne-pain, mais une fonction librement acceptée et qu'il remplit jusqu'au bout avec une conscience scrupuleuse. La tâche d'éducateur populaire lui laissait suffisamment de loisirs pour qu'il pût s'adonner à sa fantaisie. On ne l'entendit jamais se plaindre de son sort. Il occupa successivement les postes d'adjoint à Bourges, à Vierzon (1885-1892), où il devait épouser Mlle Mathilde Fouchard, à Chavignol (1892); d'instituteur à Saint-Saturnin (1893) et à Bigny-Vallenay (1897), et de directeur d'école à Savigny-en-Sancerre (1911). De ses différentes maisons d'école, Michel Abadie avait su faire le logis d'un artiste. A Saint-Saturnin, à Bigny-Vallenay, il s'était organisé une vie pastorale. La classe terminée, il redevenait le sylvain et le poète et se hâtait de retourner à ses livres et à ses ruches. La régularité de son métier avait fini par lui être douce et salutaire, car elle disciplinait ce qu'il y eut chez lui de capricieux et d'un peu bohème.

Le véritable début poétique de Michel Abadie remonte à 1888 avec Le Mendieur d'Azur, tiré à petit nombre d'exemplaires et dédié à ses collègues les instituteurs du Cher. Ce volume, comme ceux qui le suivront, Les Sanglots d'extase et Le Pain qu'on pleure, atteste que le poète bucolique n'a pas encore trouvé sa voie, il sacrifie à la mode du moment ; on le sent troublé par les langueurs décadentes et le symbolisme naissant. Entre temps, il collaborait à La Plume, fondée en 1889, à l'Ermitage, d'Henri Mazel, et s'attirait ainsi, en compagnie de Moréas et de Maëterlinck, les sarcasmes de Francisque Sarcey qui écrivait dans les Annales : « Michel Abadie, encore un nom qui ne me revient pas ! Avez-vous remarqué comme moi que dans ce clan de prétendus rénovateurs au talent douteux, tous ou presque tous ces jeunes, comme ils s'appellent, ont des têtes ou des noms impossibles? Moi, ça m'a frappé ».

En 1896, Michel Abadie publia à la Bibliothèque de l'Association que dirigeait M. Fernand Clerget une Anthologie des Instituteurs-Poètes, en collaboration avec M. Martial Besson, et que présentait une préface de M. Édouard Petit. Parmi les poètes mis en valeur par cette anthologie, nous citerons entre beaucoup d'autres : Frédéric Bataille, Antonin Lavergne, Jean Volane, Hector Bonnenfant. Dans le Mercure de France du 15 janvier 1897, M. Henri de Régnier signalait ce groupe de cinquante-neuf poètes « que Michel Abadie, ajoutait-il, domine de sa prestance verveuse et de sa carrure verbale ».

Mais un incident allait, tout à coup, mettre en évidence le nom d'Abadie. On menait alors grand bruit, dans les cénacles du Quartier Latin, autour d'Emmanuel Signoret. Cet adolescent débarquait de sa Provence, riche d'admirables dons lyriques. Toutes les jeunes revues étaient prêtes à s'enthousiasmer pour Signoret qui venait de publier Daphné, lorsqu'on s'aperçut que cette dernière œuvre était un démarquage à peine déguisé du Mendieur d'Azur, paru sept ans auparavant. Une des pièces de Signoret, La Forêt, n'était qu'une copie textuelle, y compris la dédicace à Louis Le Cardonnel, du poème intitulé L'Hymen de la Forêt. L'affaire avait été découverte par Fernand Clerget et Yvanhoë Rambosson, et le plagiat dénoncé par M. André Ibels dans le numéro de la Plume du 15 décembre 1895. La comparaison des textes, le rapprochement des dates, étaient probants. Mais Abadie, dans sa charmante modestie, ne songea même pas à tirer parti de l'aventure.

Le moment était venu où une génération nouvelle s'apprêtait à rompre avec le symbolisme, désireuse d'instaurer une poésie plus humaine et plus spontanée. Le signataire de ces lignes dirigeait Les Documents sur le Naturisme, où Saint-Georges de Bouhélier, Eugène Montfort, Albert Fleury, Georges Pioch, etc., faisaient leurs premières armes. A Toulouse, Maurice Magre *composait sa* Chanson des Hommes. *En Provence, Joachim Gasquet, Paul Souchon affirmaient des tendances analogues. Michel Abadie fut bientôt des leurs. Il collabora assidûment à* la Revue naturiste *et au* Livre d'Art *de Paul Fort.*

Les théories nouvelles convenaient à cet églogućen, avide de limpidité, et que l'atmosphère factice du symbolisme rendait mal à l'aise. Avec quelle allégresse il partagea les enthousiasmes de ces adolescents, de dix années plus jeunes que lui. C'étaient bien là ses frères d'élection ! Nul n'arbora, en effet, avec plus de fierté et de constance l'étiquette de « Naturiste », et ses ouvrages qui vont suivre, Les Voix de la Montagne, l'Angelus des Sentes, le Cœur de la Forêt, *s'inspireront tour à tour de la formule nouvelle. Désormais, Abadie se sent sûr de lui. Son alexandrin s'élargit, chargé de sonorités magnifiques. Le sylvain de Saint-Saturnin se sent de taille à revivre les exploits hugoliens du* Satyre. *Et « grave roi des rocs granitiques et grands », il célèbre les épousailles éternelles du poète et de la nature. Les monts sont les autels immenses où il officie. Sa joie panique déborde ; il dote les sources de rires et de sanglots presque humains. Il trouve des mots d'extase, des images flamboyantes pour traduire sa ferveur, des mots de prière employés au temps de son enfance croyante. Les vocables mystiques viennent aux lèvres de ce païen et imprègnent d'encens son panthéisme. Les vergers sont pour lui des « églises de verdure et de roses » où il se prosterne ; ses nymphes qui offrent leurs lèvres avec des gestes d'amantes humaines sont éclairées, comme des saintes, de séraphiques auréoles. A l'horizon, la lune s'est levée, et il lui a semblé que des mains d'ange veillaient le sommeil blanc des saules. La forêt se pare de roses pour lui plaire, mais lorsqu'il en parcourt les sentes parfumées, ce sont des angélus que tintent vers lui les mille clochettes des prairies, des angélus dont le poète seul peut entendre la musique.*

Albert Fleury a défini en ces termes le caractère de la poésie naturiste de Michel Abadie : « Au long de ses poèmes déborde un lyrisme éperdu, parmi toute la richesse verbale possible au moyen de cette langue musicale et admirable qu'est la française. C'est l'haleine des monts qui passe, le mélodieux fracas des torrents, l'affolante blancheur des neiges. C'est tout cela chanté par une voix orphique et païenne, savouré par une âme pour qui vibre partout l'intensité dominatrice de l'âme de toutes les choses, et ce chant est parfait, nuancé, cadencé, sonore et pur, grave et joyeux ; et quand les mots usés sont pauvres pour sa lyre, il en invente, il en compose au gré des brises, des tonnerres, des abîmes et des clairières ».

Depuis Le Cœur de la Forêt, paru en 1910, Michel Abadie avait peu publié. Quelques rares pièces dispersées dans les revues le rappelaient seules, de loin en loin, à l'attention de ses amis. Sa poésie, ainsi qu'on en peut juger par les « inédits » qu'il a laissés, s'était faite plus directe, moins ornée d'images, moins artiste peut-être, mais plus intime.

La perte d'une fille très aimée, Marthe Abadie, des événements comme la guerre à laquelle prirent part ses deux jeunes fils, Georges et Raoul, avaient attristé sa maturité. Sans qu'il ait songé à christianiser ses Géorgiques, il s'était pris pour Francis Jammes d'une profonde tendresse admirative.

Vers les derniers jours de sa vie, il semblerait que le poète se fût rasséréné. L'heure approchait de sa retraite qu'il devait prendre en 1923. Ce terme signifiait pour lui une existence nouvelle entièrement consacrée à la poésie, sans autre souci que de chanter et d'écrire. Il comptait rester définitivement à Savigny, où il avait acheté une petite maison. Il était plein de projets qu'il confiait à son entourage.

Dans la soirée du 13 décembre 1922, après souper, Michel Abadie travaillait auprès de sa femme, quand il fut brutalement frappé de congestion cérébrale. Privé de l'usage de la parole, il devait mourir deux jours plus tard, le 15 décembre.

Son enterrement se déroula au milieu d'une grande affluence paysanne où dominaient les coiffes berrichonnes. La gratitude villageoise allait beaucoup au maître estimé, et surtout au secrétaire de mairie, dont le dévouement s'était dépensé sans *lassitude pendant les heures cruelles de la guerre. Une tempête terrible roulait sur la campagne sa pluie glacée et ses bourrasques.*

Les amis littéraires de Paris, mal avertis sans doute, n'étaient pas là pour escorter à sa dernière demeure celui que l'un d'eux avait surnommé le « Shelley français ». Au cimetière, l'Inspecteur primaire vint faire l'éloge professionnel de son subordonné. Nul ne se serait douté qu'on enterrait là un poète exceptionnel et charmant, si l'un de ses meilleurs amis et collègues, poète lui-même, M. Abel Tortrat, n'était venu dire sur sa tombe ouverte quelques strophes d'adieu.

Ainsi vécut ce païen ébloui et lyrique, et qui mourut sans ressentiment même envers la douleur, puisqu'elle confère au poète qu'elle touche le don des hymnes. Il s'est éteint avec le regret des choses de la terre, sans songer à maudire la gloire indifférente qui, jusqu'à son chevet funèbre, avait refusé de lui sourire.

MAURICE LE BLOND.

MICHEL ABADIE

d'après un portrait de F. BELLANGER *(1920)*

Choix de Poèmes
de Michel Abadie

LE MENDIEUR D'AZUR

MON VILLAGE

Mon bleu village où l'on donne, comme à Grenade
Les soirs d'été, sous les balcons, la sérénade,
Se cache dans les fleurs au pied des pics altiers.
L'amour de baisers clairs pavoise ses sentiers
Où rayonnent dans la douce clarté des choses
Les beaux bérets d'azur et les capulets roses.
Tous ses vergers enguirlandés de verts fouillis
S'enchantent, le matin, de divins gazouillis;
On y parle une langue harmonieuse et tendre
Que l'on voudrait, sans se lasser, toujours entendre
Tant elle est caressante ! Et je te l'apprendrai
Afin de mieux pouvoir te plaire. Je serai
Ton délicat poète, et tu seras Mireille.
Aux clartés des jardins, ma lyre, que soleillent
Tes yeux plus purs que les pervenches des vallons,
Parfumera de sonnets bleus tes cheveux blonds.
Car mes rimes, là-bas, seront plus caressantes.
Chaque jour, nous aurons pour boulevards les sentes
Qui sillonnent les bois, les champs, les prés fleuris.
Quand la nuit nous aura, dans nos courses, surpris
Comme de fous enfants, insoucieux de l'heure,
A pas lents nous regagnerons notre demeure,
Et puis, à l'Angélus, songe qu'il sera doux
De rencontrer parfois un vieux pâtre à genoux,
Et d'entendre au lointain quelque chanson suave
Mêlée aux bruits berceurs de la brise et du gave.

REMEMBER

A B. Dumont.

De mon enfance blanche, un frais parfum s'exhale,
Quand je conquiers l'azur des cimes coutumières :
Mon songe vit toujours, éperdu de lumière,
Aux sentes des ravins et des forêts natales.

Les bois versent des pleurs qui me semblent des roses
Rieuses, s'effeuillant pour mieux m'enchanter l'heure.
Leurs baisers de jasmin et d'acacia fleurent
Une aurore prometteuse de blondes choses.

Les prés d'or ont gardé les joyeuses surprises
Du cœur naïf qui s'ouvre à l'aube florescente
Et de l'aveu qui rit à la candeur naissante
Dans l'ombre des halliers qu'alanguissent les brises.

Les nids, dans les ormeaux du printanier poème
Que gemma de ses lys toute une enfance heureuse,
Font les souvenirs doux à mon âme pleureuse
Comme les sons berceurs des voix de ceux qu'on aime.

Dans les soirs attristés de violes mourantes,
Je me grise aux douceurs aimantes de ces trêves
Pour voir surgir, plein d'aube et d'ailes murmurantes,
Le château blanc où s'est éveillé mon beau Rêve.

L'HYMEN DE LA FORÊT

Pour Louis Le Cardonnel.

La forêt verte où vit un ciel de harpes d'anges,
Bruissantes d'amour et de soupirs joyeux,
De ses mains d'émeraude, follement étranges,
Apporte comme un rêve de fleurs à mes yeux.

Elle secoue heureuse, avec des airs humains,
Sa chevelure de bouleaux dans la rosée.
Les muguets attendris et les calmes jasmins
Sourient pour mieux fleurir sa robe d'épousée.

Les fleurs, comme des yeux, luisent au vert des mousses
Dansant leur fête d'or aussi sous les feuillées,
Et les amours des blonds ramiers semblent plus douces
Aux baisers des colombes d'aube ensoleillées.

Et la forêt qui m'aime a tendu ses beaux seins
De vierge, d'où s'épanche un lait de cascatelles,
Cependant que dans la lumière des bassins
Se miraient l'azur sombre et l'or qui la constellent.

***

Mon luth d'or a chanté quand un faune cornu
S'ébattait dans l'azur de la clairière ouverte
Et l'harmonie en fleur de mon luth ingénu
A conquis le flamboiement de la forêt verte.

Sa beauté s'épandait aux feuilles des mélèzes
Et j'ai chanté l'éclat mouvant de sa beauté.
Comme une nymphe aux bras rouges du sang des fraises,
Elle a frémi d'amour vers moi quand j'ai chanté.

Dans un ruissellement magnifique de roses,
Elle a nimbé mon front de couronnes bénies,
Et nos âmes d'aurore, en la chanson des choses
Éternelles qu'on ne sait pas, se sont unies.

Mes pieds ont mis de l'aube où je les ai posés.
Mes yeux se sont ouverts aux splendeurs de la vie.
Puis ma sève a coulé dans la forêt ravie,
Car mes larmes ont rejailli dans ses baisers.

***

J'ai connu le mystère ailé de ses ramures
Et sais le chant sacré des sources et des nids.
Mon cœur aimant, soumis aux antiques murmures,
Sur ses seins de bruyère a battu rajeuni.

Puis des mannes de joie ont enneigé mon âme
Et des soleils nouveaux saignent dans l'or des soirs.
Les arbres et les fleurs, éblouis d'ostensoirs,
Sentent pleuvoir sur eux des extases de flamme.

J'ai mis ma lyre au front des beaux chênes rêvants.
Mon âme vit dans l'âme immortelle des branches.
Et quand je passe, l'on dirait que dans les vents
Sanglote avec amour un ciel de harpes blanches.

SANGLOTS D'EXTASE

LES STATUES

A Anatole France.

Les saintes et merveilleuses statues,
Sur le devant des vieilles cathédrales,
S'étonnent que les voix dominicales
Des temps lointains se soient à jamais tues.

Elles n'ont plus les gloires amicales
Dont le passé les avait revêtues,
Vu que le temps aux lenteurs de tortues
A mutilé leurs formes sculpturales.

Aussi, dans leurs très mornes attitudes,
Disent-elles l'ennui des solitudes
Et le regret des beautés dédaignées.

Et par les soirs d'or, quoique résignées,
Voyant que tout, même l'Art, les délaisse,
Elles ont l'air de pleurer de tristesse.

TA TOILETTE

Ta toilette! avec ses tapageuses couleurs
Et ses parfums riants et frais, chère si frêle!
On dirait qu'elle porte éclatante sur elle
Un idéal parterre éblouissant de fleurs.

Et ta toilette t'enjolive de pâleurs!
Et l'on croirait que sur ta voltigeante ombrelle,
S'opposant aux rayons qui te cherchent querelle,
Un bataillon s'ébat de papillons frôleurs!

Et tu me réjouis le cœur comme une fête
En donnant chaque jour à mes yeux de poète
Le pain essentiel des clairs rayonnements.

Et je te bénis, Toi qui compris, seule reine,
Qu'il fallait des atours lumineux et charmants
Pour griser mon âme solitaire et sereine.

NOSTALGIE

Pour Victor Pujo.

J'ai le triste regret des âmes exilées
Loin du riant pays d'où nous sommes natifs,
Et je promène mes doux pensers maladifs
Dans les hameaux heureux des natales vallées.

Or le château, là-bas, me pleure, en ses allées
Qui nous ont vus, mon rêve et moi, souvent pensifs,
Et les bassins, et la terrasse, et les massifs
Se souviennent de mes extases envolées.

Car j'ai laissé beaucoup de mon bonheur parmi
Les paisibles sentiers du bon village ami
Qui dort au cœur des rayonnantes Pyrénées.

Et, l'âme en deuil, je vois l'heureux que je serais
Un jour, vivant au pied des montagnes baignées
D'un océan d'azur, de lumière et d'air frais.

LE PAIN QU'ON PLEURE

LA BARQUE NOSTALGIQUE

La barque nostalgique allait heureuse et fière
Et, sur les tamaris lointains des bleus îlots,
Des bourgades de rêve accrochaient des falots.
Le crépuscule en toi suscitait des prières.

Le soir pensif et doux mourut sur la rivière.
Nos songes alanguis laissaient jaser les flots.
Les feuillages penchés et pâles des bouleaux
Semblaient, dans la nuit d'or, des femmes en prière.

Les oiseaux suspendaient des flammes aux voilures,
La brise nous laissait aux lèvres des brûlures
Immenses comme après des baisers surhumains.

Les fleurs du fleuve étaient étranges et plaintives,
Rappelle-toi, leur mort épouvanta les rives
Et, le matin, leur sang avait rougi nos mains.

JE ME SENTAIS TOUT TRISTE

Je me sentais tout triste, et comme elle était lasse,
Nous avions pris ce soir le thé sur la terrasse.
Des songes sanglotaient parmi les orangers.
Les bouvreuils, dans leur sommeil d'aube dérangés,
Écoutaient divaguer les serments sur nos lèvres,
Et les hortensias d'azur, mourants de fièvres,
Exhalaient des baisers de flamme à nos genoux.
La nuit semblait neiger des fleurs autour de nous.
Des roses s'effeuillaient sur nos âmes, sans trêve,
Comme pour les ensevelir sous un beau rêve
Dans une tombe de lumière et de parfums.
Tes yeux noyaient leur pâmoison dans mes yeux bruns,
Nos cœurs tremblaient d'ouïr des clavecins mystiques
Dans cette éternité d'une heure, et des musiques
De harpes qui montaient vers nous comme une fête.
Sur les vases brillaient des torches d'or, au faîte
Des lauriers-roses palpitaient de grands émois.
Nous disions des mots irréels, et je crois,
Tant l'extase, qui nous brûlait, était étrange,
Que nous nous aimions, dans le ciel, ce soir d'anges!

TE VOICI TOUTE PALE

Te voici toute pâle, accoudée aux coussins.
La dentelle aux nœuds dénoués montre tes seins
Voluptueusement rosés de mes morsures.
Et je t'adore ainsi très lasse. Tu m'assures
Que maintenant l'on sera sage jusqu'au soir.
Je regarde à genoux au pied du reposoir
Dans un flot de pâleurs douces saigner ta bouche.
Et tandis que le lévrier, flairant ta couche,
S'affole aux parfums noirs que ton corps a laissés,
Tes yeux délicieux font signe à mes baisers.

LA LUNE SOURIT

La lune sourit, toute bleue, aux arbres roses,
Et les oiseaux de flamme se sont endormis,
Lassés de leurs envols autour des nids, parmi
Les beaux parterres assoupis des lauriers-roses.

Des cygnes languissants dans les roseaux ont fui.
Et pour fêter ma tristesse, une main ailée
Jette un bouquet de blanc silence par l'allée.
Un vol saignant d'espoir palpite dans la nuit.

L'air frissonne discrètement comme des ailes
Aux massifs attristés de la douceur des soirs.
La terrasse de pourpre a clos ses encensoirs,
Et des lueurs d'aurore ont rayonné vers elle.

Soudain, dans le calme du jardin enchanté
Où mon âme malade implore l'or des trêves,
Douce comme la voix d'un prince bleu des rêves,
Le long du lac d'opale une voix a chanté.

Elle éteint les aveux discrets des cascatelles
Et sa douceur susurre un refrain très ancien.
Mais cet amour qui chante et pleure, est-ce le sien?
Est-ce la sienne, cette voix, ou quelle est-elle?

LES VOIX DE LA MONTAGNE

LES CHÊNES

Les palmes des sommets m'ont ceint de leur courage,
Mes yeux sont éclatants des feux que j'ai soumis
Et, vers moi, sur les rocs que les torrents outragent,
Vastes et fraternels, les chênes ont frémi.

J'effeuillais ma douleur sur les roses des sentes.
Mais les chênes altiers ont compris ma douleur.
Et depuis lors, le soir, ma voix se mêle aux leurs.
Mon âme antique pleure aux branches mugissantes.

Je veux ma tombe au bord des eaux où j'ai passé.
Et moi, qui conquis l'or des abruptes venelles,
Sous les chênes humains je dormirai bercé
Par les propres accords de ma lyre éternelle.

LE BOIS

Je me plais dans ce coin de verdure parmi
Les feuillages qui m'entourent de leurs dentelles.
Il y pleure une voix frêle de cascatelle
Si douce qu'à l'ouïr le vent s'est endormi.

A rire dans un flot de fleurs d'un faune ami
Rêvant des liserons roses qui le constellent,
Mon âme folle s'attardant, des immortelles,
Comme pour saluer une sœur, ont frémi.

Le gazon, sous un gai torrent de marguerites
Où le vol azuré des papillons s'abrite,
Semble de pleurs ou de baisers blancs inondé.

Souvent la rêverie heureuse me ramène
Dans cette paix de coin de bois pour regarder
La dame pâle aux yeux de fleurs qui s'y promène.

LA FLUTE MORTE

Le clos et son rempart de roses que tu vois
Ondoyer au soleil ont reconnu ma voix.
Car dans mes jeunes ans, je fus l'unique pâtre
Des troupeaux qui s'en vont, bêlants et doux, s'ébattre
Et se poursuivre au bord des osiers languissants.
Souventes fois, ma flûte a sonné ses accents
Joyeux et clairs au bois des myrtes, et les grâces
De mes pas ont laissé leurs lumineuses traces
Au vert de la prairie odorante de miel.
Je buvais à la source où se mire le ciel,
Et du sang des mûriers je barbouillais mes lèvres.
Je jouais comme un jeune faune avec mes chèvres.
Ma mère me cueillait des fruits pour me choyer
Et les oiseaux, voyant mes beaux yeux flamboyer,
Venaient charmer mon âme aux murmures des saules.
Je parais mes cheveux de vertes auréoles
Et les nymphes disaient mes pas divins élus.
Mais j'ai quitté le vieux bocage, et je n'ai plus
L'heureuse haie avec ses lèvres de senelles
Ni mon lait doux, ni mes fruits d'or, ni mes agnelles,
Ni la cabane au toit d'azur qui m'abritait!...
Et je pleure le temps où ma flûte chantait.

LES COLOMBES

Par les sentes errait mon âme défaillante,
Car j'avais pour amante une folle forêt
Qui, pour me plaire, avec des roses se parait :
Toute ma foi chantait entre ses mains brillantes.

Ses murmures d'oiseaux flûtés dans les cytises
M'enveloppaient au doux des soirs et me berçaient,
Ainsi qu'un dieu, de leurs cadences inapprises.
— Au soleil de leur voix, mon luth resplendissait.

Sa robe sourieuse, et vaste, et toute blanche,
— Elle portait l'amour dans ses chantants replis ! —
S'entr'ouvrait, au matin, dans un éclair de branches,
De toute la candeur des vierges et des lys.

Elle pacifiait mon cœur avec des roses
Blanches ; et, m'éclairant les sites ingénus
Palpitants d'herbe bleue et de papillons roses,
Elle allait dans l'éclat divin de ses pieds nus.

J'abandonnais mon front à sa lèvre odorante
Faite de frissons clairs, de rayons et de chants.
Ses cheveux ondoyaient sur son épaule errante
Comme un immense vent de fleurs dans les couchants.

Son geste humanisait d'hymnes le bruit des eaux,
Et sur ses seins, où pointait l'or des asphodèles,
J'endormais ma douleur au rire des roseaux,
Et lorsqu'elle pleurait, moi je priais près d'elle.

Mais un matin paré d'azur essentiel,
Plus haut que les arceaux de gerbes parfumées,
Elle m'ouvrit, splendide, avec ses mains de ciel,
Une maison de fleurs que je croyais fermée.

Et me divinisant d'un vin de rythmes purs,
Ainsi qu'un triste enclos qu'on vêt d'humaines joies,
Elle m'offrit un cœur d'enfant pour que je croie,
Et c'est pourquoi mes pas sont flamboyants d'azur.

Or, j'ai fleuri mes yeux des feux qui me troublaient...,
Et je ne réclamerai d'elle, pour ma tombe,
Que le sourire blanc et doux de ses colombes
Et le jeune parfum de ses roses de lait!

LA SOURCE

C'est, dans un coin de bois bercé de roseaux doux
Et qu'une dame habite emmi l'azur des houx,
Près d'une sente ombreuse où passent les faneuses,
Un tout petit éclat de source lumineuse.
L'hyacinthe étincelle aux bords bleus. J'y menais,
Aux bucoliques bruits des pins et des genêts,
Dans le pâle ruissellement des anémones
De qui les seins m'offraient une aube pour aumône,
Les matins et les soirs, mes agneaux parfumés.
Je cueillais les aveux de son âme. J'aimais
Celle dont les pieds nus baisaient son gravier rose
Et qui, ceignant mon luth des murmurantes roses
Que sa main folle dérobait aux églantiers,
A l'heure où les flambeaux s'allument aux sentiers,
M'ouvrait un rêve aux herbes d'or de cette eau claire.
Des dryades riaient aux branches pour me plaire.
Les roseaux, connaissant le faune que j'étais,
Me couronnaient de leur feuillage et j'écoutais
La source en pleurs. Mais tant de fois, dans cet asile,
L'orage de sa voix sanglota mon idylle
Que, près de son cristal aubé d'ormeaux mouvants,
L'on croirait, quand se tait le murmure des vents,
Que c'est, parmi les fleurs, mon âme triste et douce
Qui pleure, au lieu de cette source, dans la mousse.

PRIÈRE

Nos cœurs saignaient de doute et nos yeux étaient las.
Des mains d'anges veillaient le sommeil blanc des saules.
Mais tes lèvres savaient les divines paroles,
La nuit grave se tut quand ta douleur parla.

Des cimes aux splendeurs frissonnantes croula
Une avalanche lumineuse de corolles.
Nos torches, de feux d'or, outrageaient les lilas
Et tes cheveux semblaient des fleurs sur tes épaules.

L'horreur vaste des monts dévêtait ses longs voiles,
Et devant l'éternel murmure des étoiles,
Nos yeux souffrants de pleurs humains s'étaient mouillés.

Aux torrents palpita l'heure de la prière.
Et le soir triste nous surprit agenouillés
Comme deux tout petits enfants, sur la bruyère.

LES PATRES

Comme ils passaient dans la splendeur de leur soleil
Avec des yeux où frissonnaient toutes les gloires,
Les peuples douloureux, quittant les plaines noires,
Suivaient, foulant les fleurs, leur sillage vermeil.

Et les femmes et les enfants, aux fronts meurtris,
Voyant que leurs haillons s'inondaient de lumière,
Agitaient, en montant, d'éclatantes bannières
Et saluaient de chants les pâtres incompris.

Vos pas ensanglantés ont sillonné la route
Où vont, lassés de toute éternité, nos pas.
Mais vous clamez la renaissance à nos trépas
Et vos yeux de soleil épouvantent le doute.

Votre beauté divine éclaire notre nuit.
Votre amour luit en nous comme une rouge aurore.
Vous descendez des Monts lorsque le Mal nous fuit,
Et quand le Rêve meurt, nous vous voyons encore.

Le ciel s'entr'ouvre à peine et la tristesse est grande,
Mais les fleurs de vos yeux flamboient par les chemins,
Vos belles mains, pures de lys nous font l'offrande
De l'aube altière dont rayonneront nos mains.

Et vous chantez au seuil de nos douleurs : « Nous sommes
Comme les yeux de la Bonté. Nous fleurissons
Les seins purs de la femme et le front fier des hommes,
Et nous laissons un peu de flamme où nous passons ! »

Vous apportez la joie, et nous vous adorons,
O pâtres, qui sachant vos hymnes nécessaires,
Venez vêtir d'orgueil nos aimantes misères
Et dorer de rayons divins nos tristes fronts !

***

Et vers l'azur soudain plus tendre, les prophètes,
Dont l'amour scintillait en flammes dans les cœurs,
Élevant sur les monts leurs lyres en vainqueurs,
Montaient aux clartés d'or des triomphales fêtes.

Une brise séchait les larmes des pécheurs,
Toutes les mains étaient chantantes de corolles,
Et, quand se tut le flot des plaintives paroles,
Le ciel ensoleilla les peuples de blancheurs.

L'ANGÉLUS DES SENTES

4

INVOCATION

Rocs des abîmes bleus de buis ! et toi, lumière
Entre les bras de qui tressaillent les chaumières
Qu'habitent sur les monts d'éblouissants bergers ;
Églises de verdure et de roses, vergers
Gonflés de fraises d'or, de menthes et de pommes,
Qui mûrissez la force et la douceur des hommes
Et baignez d'azur frais leur mortelle beauté ;
Vignes fières des fruits que vos bras ont portés,
Par le soleil, ainsi que des mères ravies ;
Plaines, qui me chantez le poème de vie ;
Coteaux, d'où coule un flot de candides soûleurs,
Qui nourrissez la brise avec le pain des fleurs
Et qui, voulant votre âme à quelque éden pareille,
La parfumez pour moi de pampres et d'abeilles
Et bercez un printemps de nids à vos rameaux ;
Mystérieux torrents qui connaissez les maux
Dont, sur vos bords d'exil, palpite l'âme humaine ;
Sources ensoleillées qu'au pied des fleurs promène
L'auguste main d'un dieu caché dans les roseaux ;
Forêts qui répandez les hymnes des oiseaux
Afin d'illuminer les maisons et les lyres ;
Lys dont la pureté monte en tremblants sourires
Et guirlande d'éclairs le torse des rochers ;
Brins d'herbe tressaillant comme des seins cachés,
Vallons pamprés d'azur comme ceux d'Ionie ;

Jardins où vit, au sein des roses, l'harmonie;
Saules dont l'aube blanche a baisé les cheveux,
Qui sanglotez, le long des rives, des aveux
Plus attendris que ceux que les vierges soupirent;
Lac où flotte et triomphe un lumineux empire
D'ondines dont les yeux sont les yeux d'or des soirs;
Rivages parfumés d'enfants blonds; reposoirs
De myrtes où s'assied la nuit souffrante et grave;
Pins qui baignez vos clartés sombres dans les gaves
A l'heure où la montagne accueillante s'endort;
Sommets où les couchants luisent en gouttes d'or
Comme teints du sang pur de quelque cœur sublime;
Cabanes qui penchez vos fronts vers les abîmes;
Pâturages et vous, zéphyrs qui les baisez,
Mer mouvante d'épis, champs radieux, laissez,
Doux compagnons en qui l'éternité flamboie,
Mon âme vous vêtir de sa naissante joie.
J'apporte l'ode heureuse où l'amour resplendit,
Car, un matin d'idylle bleue, vous m'avez dit,
Vous tous qui me parlez avec des voix berçantes :
— « Abaisse, comme un ciel, ta lyre bénissante
Sur notre force aveugle et sur notre beauté;
Ombrage notre nuit de vivantes clartés
Et brûle nous du feu de ta grâce féconde
Pour que chante toujours en nous l'âme du monde,
Et qu'au temple éternel où grondent nos courroux
Un peu de la souffrance humaine batte en nous! »

PLAINTE

Dans le sentier, la voix plaintive du doux pâtre
Disait : « Nids odorants du bocage bleuâtre,
Éteignez vos clartés ! Mon chalumeau s'est tu...
Mon chant sanglote au cœur des noisetiers tortus
A qui j'ai confié le secret qui m'oppresse !
Car j'aime, sans espoir, la pâle enchanteresse
Dont la forêt rieuse étoila les cheveux.
En vain les sources d'or lui murmurent mes vœux ;
Elle me fuit au bruit des branches secouées.
Je vois luire souvent ses tresses dénouées,
Mais j'ignore l'émoi de ses baisers berçants.
Pourtant, pour attendrir son âme, tous les ans,
Au priape de mon jardin je fais l'offrande
D'un agneau parfumé de myrte et de lavande. »

L'ÉVANGILE

J'errais au bois, portant des fleurs. Las de ma course,
Je me suis, en passant, penché sur une source
Que cache un bosquet d'ombre où jouent parfois des faons,
Et j'ai bu son azur. Puis elle a dit : « Enfant,
Tu prends dans tes deux mains mes étoilements d'aube
Pour qu'un peu de mon âme brille à ton luth probe
Et que ta joie se mêle aux rires singuliers
De la bacchante qui te suit dans les halliers.
Solitaire, tu sais entendre ma voix douce,
Tu comprends la pitié des feuilles sur la mousse
Et toute ta simplesse s'ouvre au roucoulis
Que frissonne en mourant la brise au cœur des lys.
Les cytises t'ont dit les odes aurorées
Dont tremble l'ombre. Mais tes roses déchirées
Par la ronce aux doigts noirs, pose-les près de moi !
Je veux, puisque tu viens me boire mon émoi,
Te confier tout bas mon amoureuse vie.
Le baiser brille au bout de mes flambes ravies,
Le chant des loriots me veille quand je dors,
Puis un satyre m'aime, et sur le sable d'or
Ses pieds nus ont laissé d'éclatantes empreintes.
La flûte dont il joue sait les cadences saintes
Qui berçaient les bergers d'Arcadie autrefois.
C'est le matin qu'il chante, et les vierges du bois,

Par d'étroites et verdoyantes avenues,
De ses accords charmées, accourent toutes nues,
Et dansent sur mes bords, dans la rosée, aux sons
De son pipeau d'amour d'où sourdent les chansons.
Tu l'entendras. Il dort dans les fleurs, sa demeure !
Un gave de houblons, d'ondes pures, l'effleure,
Et le néflier bleu l'abrite comme un toit.
Vite ! dans ce fourré de menthes, cache-toi !
J'ai d'un clapotis clair interrompu le somme,
Et son réveil tressaille au bord des roses. Vois...
Les thyms déjà saluent sa radieuse voix.

Tu pourras répéter son évangile aux hommes ! »

STANCES

Puisque, jouant au bord des sombres pâturages,
J'ai du son de ma flûte enivré les torrents,
Et que Cyane, au pied des nues d'or qui l'outragent,
M'a vêtu de l'éclat de ses bras implorants ;

Puisque l'ample forêt chantant l'hymne des terres
De ses lèvres de lys a baisé mes doux yeux,
Et qu'aussi la Beauté dévore, aux vents des cieux,
Mon cœur, comme le tien, de rayons solitaires ;

Puisqu'aux neuves lueurs d'un printemps éolien
Mon cœur s'étoila d'aube et de sonnantes grâces,
Qu'importe qu'on m'ait dit : « Tu n'es pas de sa race,
Et tous tes chants ne sont qu'un pâle écho des siens ! »

Puisque le rêve emplit mes yeux aimants, qu'importe
Que ton âme héroïque ait renié mon nom :
Les fleurs ont salué le rêve que je porte,
Et Pan sacra ma voix de champêtres renoms ;

Puisque ma lyre au sein des matins azurés,
Sans que le tendre chœur des fauvettes s'éteigne,
Répète les aveux des sauges et des prés,
Qu'importe que ton geste orphique la dédaigne ?

Puisque levant le voile onduleux des sillons,
Parmi les blancs troupeaux frissonnants de sonnailles
Et la charrue étincelante et les semailles,
J'ai ravi l'allégresse aux hymnes des grillons;

Puisqu'au livre vermeil des choses je sais lire
Les mots tremblants et purs que Dieu trace pour nous,
Et que l'azur des nids me surprend à genoux,
Qu'importe que la nuit se fasse sur la lyre?

ÉCOLE BUISSONNIÈRE

A Albert Perrin.

Bercé par les bouleaux, j'ai dormi cette nuit
Les cheveux dans les fleurs. Et je m'éveille au bruit
Que font les fleurs en s'éveillant. Dans la hêtrée,
La trompette des nids sonne une joie sacrée,
Et ce matin m'est doux comme un baiser de toi.
Les myrtils ploient leur front sous l'odorante loi
D'une brise qui prit son rire aux chèvrefeuilles.
Et je marche, les yeux fouettés de vertes feuilles,
Sous un dais de rayons, et je ne pense à rien.
Je bois, comme un vin frais, l'amour aérien
Qui de chaque brin d'herbe émerveillé s'élève.
La candide forêt s'est parfumée de sève.
Elle épand des éclairs sous mes pas buissonniers
Et sa voix chante, avec la voix des châtaigniers,
L'éternelle douceur d'adorer et de vivre.
L'azur lave son front. Des tourterelles ivres
Se querellent de joie dans les lambrusques d'or.
Et le rameux sentier m'entr'ouvre un corridor
Que constellent les yeux des jacinthes qui jasent;
Car toutes les clartés balbutient des extases
Et m'illuminent l'âme avec de tendres voix.
Des lys me tendent leurs calices et je bois,
Et m'attarde, enlacé de ramures aimantes,
Aux rires d'une églogue blonde dans les menthes...

LE CŒUR DE LA FORÊT

LE HÊTRE

Tout à l'heure je viens de lire
Un livre de vers plein d'attrait
Sous un hêtre de la forêt
Qui frissonne comme une lyre.

Tour à tour, sa vie exaltée
Emparadise de soupirs
L'herbe où les feuilles vont croupir
Et la futaie enviolettée.

Il bruit en se balançant
Et de la cadence des branches,
Comme d'un grand vase qu'on penche,
Tombent les mots les plus berçants.

A ses pieds je suis l'humble arbuste
Que grandit le don de pleurer,
Mais qui reçoit du dieu robuste
Tous les frémissements sacrés.

De sorte que je ne sais plus
Si l'harmonie qui me captive
Émane de ramures vives
Ou des poèmes que j'ai lus !

L'ERMITE

Tantôt, j'ai rencontré le charbonnier farouche
Qui vit dans la forêt, solitaire et caché.
Près d'un chemin ânier, son maigre corps penché
S'acharnait, ahanant, sur une énorme souche.

L'homme est sordide, sec et vieux. Mais il excelle
A faire au cœur du bois des entailles d'enfer
Qu'élargit la massue, avec des coins de fer,
Jusqu'à ce que la souche éclate et se morcelle.

Les glaneurs de bois mort redoutent cet ermite
Dont la voix est sauvage et dont les yeux chassieux
Regardent plus souvent la terre que les cieux.
Et chacun fuit le toit où sa misère habite !

Il m'a dit : « Je le sais. Dès qu'on me voit, on fuit
Et l'on se signe, dans la forêt réprouvée,
Comme à l'approche d'un sinistre oiseau de nuit.
Mais j'ai l'espace et j'ai la bonne paix rêvée !

Qu'importe à mon cœur fier que tout sentier pierreux
Se marque un peu du sang de mes pieds nus qui saignent ?
L'azur m'aime et bénit mon front. Je suis heureux.
Pour moi, le bonheur rit où la liberté règne.

Ne me demande rien sur ma vie d'autrefois,
Car je suis un vaincu qui cache sa détresse
Et préfère aux cités de mensonge les bois
Où la pureté chante aux bras de l'allégresse.

Loin des hommes, ma vie, que rien ici ne souille,
Est pure comme l'eau qui filtre des rochers.
Mais quelquefois, le soir, pensif, je m'agenouille
Pour confesser aux pins mes anciens péchés.

Je suis l'ami des roitelets et des genièvres,
Et je comprends la voix des arbres chevelus.
Je n'ai pour compagnon qu'un âne et qu'une chèvre,
Puisque ceux que j'aimais maintenant ne sont plus.

Lorsque le soleil luit, ma cabane s'éclaire,
Et mes travaux ont les oiseaux pour doux témoins.
Je n'ai pas de désir, j'ignore la colère,
Et la bonne forêt pourvoit à mes besoins.

Je goûte aux fruits de joie que tend chaque saison.
A quoi bon exhaler une inutile plainte
Quand on mange son pain sans tristesse et sans crainte
Et que le vent des cieux bénit votre raison ? »

***

Et simplement je dis que cet homme est mon maître.
La sagesse et la foi battent sous ses haillons.
Il entend mieux que moi ce que disent les hêtres,
Puisque son âme ardente est pleine de rayons.

O rude loqueteux tranquille, je t'envie !
Tu ne sais pas que le temps fuit et qu'il nous ment.
Chaque jour, à plein cœur, à pleins yeux, sans tourment,
Tu bois la clarté magnifique de la vie.

LE BUCHERON

A Sylvain Lasseur.

Les antiques sapins soupirent leur prière
— Toute la vie du bois se réfugie en eux! —
Tandis que le ciel blanc d'hiver rend lumineux
Les haillons du bûcheur qui vit dans la clairière.

Cet homme comme un dieu destructeur resplendit.
Dans la forêt glacée, il taille, tord et coupe
Les arbres qui seront des mâts, des proues, des poupes,
Et chaque coup qu'il porte est un hymne qu'il dit.

Hymne de la tristesse et de l'effort vivant
Parmi la léthargie unanime des choses!
Chant que la hache mêle à la plainte du vent
Sonnant le glas qui fait pleurer les cieux moroses!

***

Lorsque les clématites aux bras agrippants
Irisent les buissons de bulles pelucheuses,
L'homme fouille les creux et les pentes rocheuses,
Sans souci des clameurs effrayantes de Pan.

Au bout de ses bras nus luit l'éclair de la hache
Qui mutile et qui tue les arbres radieux.
Il saccage le coin où la nymphe se cache
Et sa joie ricanante éteint le chant des dieux.

Sa force sème ainsi l'effroi de sente en sente.
Lorsque l'ouragan passe, il tend des poings railleurs,
Mais il garde son rire et ses pensers meilleurs
Pour la cognée qui mord l'écorce frémissante.

Et jamais d'un regret son âme ne s'endeuille,
Puisque jamais ses oreilles n'ont entendu
L'odorante oraison des herbes et des feuilles
Pleurant la lente mort des arbres étendus !

ODE D'AURORE

A Albert Perrin.

Les matins d'or, quand mes sabots
Sur l'herbe humide font des raies
Et que dans l'humble fougeraie
L'aurore allume des flambeaux ;

Lorsque les vieux chênes brisés
Sentent chanter leur rugue écorce
Et que les lys dressent leur torse
Comme pour de nouveaux baisers ;

Quand les fronts des bouleaux rêvants
S'illuminent comme des phares,
Tandis que s'éveillent les vents,
La forêt pudique se pare

D'une rose et flottante écharpe
Pour l'heure heureuse de l'hymen,
Et chaque branche est une harpe
Qu'agite une invisible main.

Et toute la vie végétale
Du brin d'herbe au rameau penchant,
De la source au nid, tout exhale
Des murmures qui sont des chants.

Alors, sous le difforme houx
Qu'enlace humainement un lierre,
L'heure émue me courbe à genoux
Et je dis aussi ma prière :

— « Toi qui m'aimes, forêt bénie,
Toi qui partages ma douceur,
Et qui m'es une double sœur
Par l'amour et par l'harmonie;

Tois qui sais cacher mes haillons
Sous l'alme tendresse des roses,
Forêt ! pardonne-moi si j'ose
Baigner mon âme à tes rayons !

Ah ! pardonne-moi si je mêle
Ma voix douce à toutes tes voix !
L'homme que dans l'herbe tu vois
Est simple et frissonnant comme elle.

Devant la joie dont tu renais,
Ma lyre timide s'exerce
Et je chante aux pieds des genêts
Avec la source qui me berce.

Elle est bien petite ma place
Sous tes immenses frondaisons;
Mais je vibre de tes frissons,
Comme toi l'infini m'enlace !

Je joins mes mains vers toi, sachant
Que ton âme est comme un murmure
Et que ta plus amère mûre
Vaut mieux que mon plus tendre chant.

Mélodieuse récompense !
Tu m'infuses tes saints émois,
Et le doux brin d'herbe qui pense
Tremble et balbutie avec moi.

***

Quand s'épand ta vie fraternelle,
Lourde de ramiers gémissants,
Il me semble que c'est mon sang
Qui bat et qui circule en elle !

Qu'au cœur du chêne et de l'yeuse
C'est ma vie que charrie ta vie,
Que ma voix, c'est la voix ravie
Des ramures harmonieuses ?

Mais déjà l'âme frissonnante
Des hêtrées et des hauts ravins
M'accueille avec des voix sonnantes
Ainsi qu'un fiancé divin.

Une neuve et forte allégresse
Rayonne, règne, enivre tout.
La sève dans les branches bout
Et les strophes ont des caresses.

Pure extase multipliée
Qui remue l'aulne et le guéret,
Et par qui, vivante forêt,
Ton âme à mon âme est liée !

Vois ! La brise ardente qui souffle
Porte mes hymnes à venir,
Et le jour vermeil va bénir
La communion de nos souffles ! »

APPARITION

Une source d'azur sous les portiques verts
Semblait pleurer l'ardeur humaine qui succombe.
Par les roseaux, comme d'immortelles colombes,
Luisaient les fleurs dont tes cheveux étaient couverts.

Les bouleaux roux penchaient leur tristesse étonnée
Sur le lac bucolique où s'égaraient mes yeux.
Mais ta robe resplendissait, illuminée,
Et tu baisas ma bouche en regardant les cieux.

Et lorsque l'estuaire agita ses flottilles
De menthes et d'iris en flammes, tu devins
Plus pâle que la pâle étoile qui scintille,
Ton âme dans mes yeux plongea ses feux divins.

Mais le ciel, comme un candélabre qui jaillit,
Aux bords d'ombre, roula des flamboiements étranges,
Et toi, ployant vers moi ton beau front recueilli,
Tu disparus dans un solennel coucher d'anges.

Puis, en vastes clartés, surgirent dans les champs
Les porteuses de joie et de cadences sûres.
Le lac, incendié de toutes mes blessures,
Mourut, comme la nuit, en écoutant leurs chants.

LE GRAND CHÊNE

A Maurice Le Blond.

Il se baignait dans la clarté
— Immense, avec des nids au faîte,
Et beau comme toute œuvre faite
Pour défier l'éternité !

Il était planté dans le roc
Prêt à résister aux outrages
Des vents, aux formidables chocs
De l'avalanche et des orages.

Dans un océan de parfums,
Riaient de l'aube au crépuscule
Les gigantesques tentacules
Que dessinaient ses rameaux bruns.

Je sentais que sous l'âpre écorce
De son tronc énorme et goîtreux
Vibrait une âme dont la force
S'épandait en rythmes heureux.

Lyrique et transubstantiel,
C'était le prodigieux barde
Qui chante en même temps qu'il darde
Des millions d'yeux vers le ciel.

J'admirais de quelle manière
Ce vaste hippogriffe rêvant
Abandonnait aux mains du vent
Sa mélodieuse crinière.

C'était un chêne qui pensait
De toute sa ferveur de vivre
Et de tous les rossignols ivres
Que son feuillage balançait.

***

Quand la nuit allume la voûte
Où les beaux rêves vont dormir,
Solitaire et pensif j'écoute
L'arbre centenaire gémir.

Mais, ce soir, ses branches ravies,
Comme de splendides trompettes,
Me claironnent d'aimer la vie
Et d'en surmonter les tempêtes.

Peu à peu tombent des murmures
Plus suaves, et l'on croirait
Que les harpes de la forêt
Sont suspendues à ses ramures !

Puis, tandis que je joins les mains,
L'arbre chante et sa voix sauvage
Émeut les bois et le rivage
D'un tressaillement plus qu'humain.

Et ma vie sent planer sur elle
La radieuse vie du dieu.
Je bois sa joie surnaturelle,
Ainsi qu'une liqueur de feu.

Mon âme, délaissant son corps,
Au beau chêne s'identifie,
Et ce sont d'inédits accords
Que mon âme à l'azur confie.

Déjà je ne suis plus moi-même,
En moi circule un nouveau sang.
Je deviens le chêne pensant
De cette Nature qui m'aime !

Ivre, comme si j'avais bu
Toute l'ivresse de la sève,
Je suis l'Orphée qui dit le rêve
De la végétale tribu.

Dans l'azur, mon nouveau domaine,
Tous les mélodiques rameaux
Ont répété les mêmes mots
Qu'a prononcés ma bouche humaine.

Car tant d'amour m'emplit et tant
La vie chante en moi, qu'il me semble
Avoir été, pour un instant,
L'âme du grand chêne qui tremble !

STANCES

Sous les sombres rameaux des chênes, j'ai grandi.
Comme l'abîme aux buis abandonne son charme,
La source a mis en moi le don divin des larmes
Et je murmure au vent ce que la source dit.

Car vêtu de l'haleine illuminée du bois,
Mon Rêve souriant, c'est de l'azur qu'il mange,
Et c'est au bord des thyms de l'harmonie qu'il boit
Quand s'épanche la joie peureuse des mésanges.

Mon âme est simple et douce ainsi qu'un bruit de brise.
Mon front, de sève en feu, les pins l'ont parfumé,
Et je chante avec la candeur des mois de mai
Les cadences d'amour que les pins m'ont apprises !

LES ÉTOILES

Père ! je te revois un soir où les rosiers
Frissonnaient enivrés sous la brise d'Espagne,
Tu revenais avec ta faux de la montagne
Et je jouais auprès de ma berce d'osier.

Tu m'apportais les fleurs cueillies aux fauchaisons,
C'était au temps auguste où les seigles se dorent...
Une dentelle bleue pavoisait l'horizon,
Les fleurs arrondissaient ton bras comme une amphore.

Tu me dis dans un rire à des larmes mêlé :
— « Petit, voici les blés que l'on fauche à ton âge ! »
Et dénouant soudain ta veste de lainage,
Tu tendis les bleuets et les lys de tes blés.

Et je crus, quand neigea l'odorante gerbée,
Qui m'apportait des monts la sauvage fraîcheur,
Que tu venais du ciel, magnifique faucheur,
Car tes fleurs me semblaient des étoiles tombées !

LE JARDIN

Je te revois plus tard, sous les trembles qui bougent,
Dans les après-midis d'essaims et de parfums,
Je gravissais la côte ombrée de roses rouges
Et le vent se jouait dans mes longs cheveux bruns.

Dès que tu me voyais venir, doux jardinier,
Tu délaissais pour moi l'arrosoir et la bêche,
J'apportais à ton cœur mes rêves printaniers
Et toi tu me cueillais des roses et des pêches.

Sous un sombre figuier de nids bleus éclairé,
Dont les figues riaient, ivres de joie certaine,
Je m'amusais d'un lys, d'un papillon doré,
D'un bruit d'oiseau, du rythme ému de la fontaine.

Comme je défaillais d'un innocent bien-être,
L'âme du jardin blond, à cette heure du jour
Où l'haleine des fleurs aide le rêve à naître
Me versait doucement le vin de son amour.

Et tu me conduisais, plein d'une extase agreste,
Dans les coins où vibraient de lumineux conflits,
J'y respirais ta joie comme un bouquet céleste,
Je suspendais ma lèvre à tes cheveux vieillis.

Les délicats rosiers de désir se rosaient
Et nous buvions comme eux, lentement, sans secousse,
La brise élyséenne et la lumière douce;
L'odeur des prunes bleues, trop mûres, nous grisait.

Mon panier débordait de radieuses cueilles,
Il pleuvait un liquide et blanc azur d'été
Sur la terre odorante, et le frisson des feuilles
Le secouait sur nous en gouttes de clarté.

Toi, tu me souriais de l'heureuse douceur
Dont sourient les jasmins qui s'ouvrent à la brise
Quand je scandais les vers d'un poème berceur
Ou que je récitais une leçon apprise.

Chaque jour, ton labeur bénissait le ciel bleu,
Car tu savais le prix des heures éphémères.
La saison du soleil, disais-tu, dure peu,
Mais tu pleurais d'amour quand je lisais Homère.

Tu m'apprenais la joie candide et les doux chants
Dans le livre vivant où tu me faisais lire;
Et déjà sur le bord des choses me penchant,
J'écoutais rire l'aube et chuchoter des lyres.

Ainsi, parmi l'émoi des framboisiers rieurs,
Dans mon âme d'enfant par le rêve agrandie,
Naissaient, en rythmes purs, les chants intérieurs
Dont ta tendresse avait nourri la mélodie.

LA MOISSON

Je te revois encor assis à la terrasse
De la maison qu'ombrage un arbre aux fleurs d'argent,
Et las de ton labeur radieux, en songeant,
Tu regardais jouer les enfants de ta race.

L'heure semblait bénir l'effort des travailleurs.
Une caresse heureuse errait sur toute chose,
L'air s'enivrait d'un bruit d'oiselle qui se pose
Et du murmure ailé des mouches sur les fleurs.

Dans la plaine les moissonneuses, sans tuniques,
Nouaient les gerbes d'or, en riant, à genoux,
Et l'encens de leur joie flottait autour de nous
Et mettait dans nos cœurs une douceur unique.

Autour de ton beau front voltigeaient nos baisers,
Et comme une eau qui coule anime l'herbe verte,
Ton sang ému battait sous ta chemise ouverte
Et plein de la beauté du soir tu nous disais :

« Ce soir ne semble pas aux autres soirs pareil !
Pourquoi les chants sont-ils plus doux dans la vallée ?
Car c'est de toutes parts, près de nos vies mêlées,
Comme un hymne d'amour montant vers le soleil !

L'invisible encensoir, que chaque chose agite,
Nourrit de chauds parfums les jardins et les prés,
Et la fontaine, sous la pierre où je médite,
Me confie des soupirs à peine soupirés.

Sous les vergers d'où monte une senteur de figues,
Les blés ont des ondulements plus lumineux,
Il semble que ma force éteinte vive en eux !
Pourquoi le vent du soir berce-t-il ma fatigue ? »

Et tu compris le sens de cette paix profonde,
O père ! quand vers toi, la mer des maïs mûrs
Dont tu vis tant de fois vaguer la houle blonde,
Laissa monter le flot de ses murmures purs :

— « Doux jardinier, trente ans tu remuas la terre !
Et parce que tu fus un obstiné semeur,
L'inexprimable majesté du soir qui meurt
Sacre d'amour l'effort de ta vie solitaire.

Car tu donnas le jour aux belles fleurs, tu fus
L'ami des bois bordés d'odorantes broussailles ;
Chaque matin ton sang chanta les épousailles
Du bon soleil et de la terre aux bruits confus.

Ta vie a célébré l'universel baptême
Avec des chants que ta houe seule a copiés,
Et les paisibles voix expirant à tes pieds
Sont les mercis brûlants de la terre qui t'aime ! »

L'éparse voix te parfumait de son haleine,
Tu frissonnais des mots humains qu'elle avait dits.
Or, lentement, sur la terrasse et sur la plaine,
Un crépuscule tiède et rose descendit.

O les diamants purs que la nuit jeune allume !
Nos fronts sentaient planer des vols d'anges sur eux,
Les monts s'enveloppaient de bleuissantes brumes,
Sur la route passaient des laboureurs heureux.

Ils conduisaient les chars pesants de la moisson
Et leurs chants célébraient l'œuvre de la journée,
Le rire de mes sœurs sonnait dans la maison
Et je sentais mes mains de tes larmes baignées !

LES CHOSES

Tu ne savais pas lire et ton âme lisait
Au livre des ravins étoilés de corolles,
Père ! Et tu comprenais les sublimes paroles
Que les arbres entre eux gravement se disaient.

Tu m'entr'ouvrais ce livre et j'étais ton élève.
Or, des pins verts et des bouleaux échevelés,
Et des chênes pensifs qu'un âpre vent soulève,
Tombaient des mots que doucement tu m'épelais.

Tu me disais, ouvrant mon être à l'harmonie :
— « Entends l'âme des eaux dont l'hymne émeut les bois,
Et la forêt qui mêle une ode d'ironie
Aux sonnets d'or de l'herbe où la cigale boit. »

Un sang mélodieux dans les arbres circule.
Pour cueillir les aveux que le bois égrenait,
Je me couchais sous la fougère au crépuscule
Et de clairs angélus tintaient dans les genêts.

Frissonnant sous les cieux, comme un lys du torrent,
J'appris l'immense chant des montagnes pensives,
Je sus l'errante joie du vent d'aube qui rend
Les cieux purs et les aubépines expansives.

Vêtu de lierre, ainsi qu'un chêne, je surpris
Le langage éternel des rochers et des plantes,
Et les ravins m'ont dit des paroles tremblantes,
Et je sais qu'un cœur bat sous les pins rabougris.

Le gave bondissant répète aux rocs hautains
Les cris plaintifs que font les azalées du gouffre,
Le hêtre entend le pur frémissement des thyms
Et l'abîme connaît le mal dont le lac souffre.

Un même amour humanise à travers l'espace
L'éclair qui fuit et l'herbe où nous nous asseyons,
Chaque bruit qui nous frôle est une voix qui passe,
Et chaque voix nous jette en passant des rayons.

Car les choses ont des voix d'or qui nous éclairent
Quand dans le ciel de l'âme un doute fait la nuit.
Pour que le vent soit doux et la route plus claire,
Elles lèvent vers nous un murmure qui luit.

Et les plus humbles voix sont vêtues de clarté.
Heureux l'homme pensif qui cherche à les entendre
Et qui, le cœur nourri de mélancolie tendre,
Frissonne en écoutant les choses chuchoter ! »

LA VOIX DU PATRE

A Vital Coulhon.

Moi, dont le vœu d'amour ne fut pas exaucé,
Je ne suis qu'un berger naïf et doux qui sait
A peine enfler de vent sa musette sonore.
Je vis dans la forêt murmureuse et j'ignore
Le rouge bruit que fait le travail des cités.
Regarde! mes haillons se baignent aux clartés
Des bois où le baiser des abeilles butine.
Je porte en mes cheveux l'odeur des églantines,
Je tends mes mains aux haies ainsi qu'un mendiant,
Et la brise qui vient des monts en souriant
Berce les buis de ma cabane bocagère;
Je sais cueillir les cèpes noirs sous la fougère,
Je marche les pieds nus dans l'herbe fraîche et j'ai,
A mes lèvres, le rire heureux de mon verger.
Ainsi coulent mes jours; et ma vie solitaire,
Simple comme la source où je me désaltère,
Aime le bruit que font les arbres bénisseurs!
Les bois laissent en elle un peu de leur douceur!
Je partage avec le vagabond mon pain d'orge
Et m'amuse parfois à voir un rouge-gorge
Manger craintivement les miettes de mon seuil,
Ou sautiller la grâce d'or de l'écureuil

Dont le nid d'herbe luit à la fourche d'un hêtre!
Mais ni les prés ombreux où mes troupeaux vont paître,
Ni l'églantine qui m'embaume, ni le vent,
Ni les bords de la source où je m'assieds souvent
Ne me valent, à l'heure où l'aube rit aux branches,
Le baiser qu'à mes mains font mes agnelles blanches!

SOLITUDE

A Joachim Gasquet.

Cinq heures. Dans l'enclos, le Silence est entré
Y déversant la douceur d'un couchant doré
Qui semble bénir l'heure où ma tâche est finie.
Je regarde mourir le soir dont l'agonie
Empourpre de pleurs d'or le front des marronniers.
Les enfants sont partis, joyeux. Les tout derniers
Jouent encor sur la place et leurs rondes espiègles
Se mêlent aux bruits lents des fléaux sur les seigles
Qui viennent d'une grange où rient des moissonneurs.

O mon âme! l'instant est doux et pardonneur
Autant qu'est douce et pardonneuse la féerie
De ce couchant vers qui je me recueille et prie,
Sachant que ses rayons ne sont pas mensongers.
Les hommes m'ont traité comme un pauvre étranger
Dont la langue aux mots purs leur était inconnue.
Ils ont ri de me voir mettre mon âme nue.
Et je m'en suis allé loin d'eux. Me voici seul.

Mais mon âme est semblable à l'ombre des tilleuls
Qui peu à peu grandit, striant d'or sa surface,
Et qui, le soir venu, ne laisse aucune trace.
Chaque déclin de jour me trouve plus vieilli.
Des lys croissaient en moi que je n'ai pas cueillis.

Ma gerbe n'est pas faite et la journée s'achève.
Car la vie a blessé mortellement mon rêve,
Et de sa plaie ouverte un mélodieux sang
Tombe en pleurs dans mon cœur pieux et gémissant
Comme en ce moment, dans le jardin qu'on arrose,
Le sang du soir qui meurt goutte sur l'or des roses !

MÉLANCOLIE DIVINE

A Albert Fleury.

Je mêle ma tristesse à ta tristesse émue,
O soir d'automne doux comme un baiser qu'on cueille.
Toutes les branches prient quand les plaintives feuilles
Jettent des cris sous mon bâton qui les remue.

Tu répands comme un vin l'apaisement cherché.
Dans le bois qui me tend de bénissantes mains,
Je marche sans songer aux anxieux demains.
J'entends, seul, le vol bas d'un merle effarouché.

Ton âme m'a versé sa mélancolie douce.
Il fait bon. L'odeur mouillée des traînes élues
Flotte sous les bouleaux aux têtes chevelues
Qui font dans le bois nu comme des îles rousses.

Ta langueur lumineuse au fond de moi descend
Comme elle est descendue dans les vals apaisés !
Et, néanmoins, j'ai peur que tes tièdes baisers
Remuent des souvenirs qui dorment dans mon sang.

C'est un instant divin. Les ormes et les charmes
A coups doux boivent l'heure où tant d'amour réside.
Heure de vie sacrée ! Je songe à mon cœur vide.
Et mes paisibles yeux sentent filtrer des larmes.

La forêt rose assiste à nos mortels départs
Avec des milliers d'yeux ouverts dans la clarté.
Mais, par ce soir empli de tranquille beauté,
Je devine des joies dans tous ces yeux épars.

Je suis seul. Une paix grave et simple persiste,
J'écoute la tombée d'une châtaigne mûre.
Mais aucune haleinée de brise ne murmure.
Je songe au blé perdu de ma tendresse triste.

La nuit vient. Sur la sente où je sens passer Dieu,
Je prends des feuilles dans mes mains comme un semeur
Pour l'amour de toucher quelque chose qui meurt
Et qui laisse à mes doigts un lent parfum d'adieu.

LES ODES D'AURORE

A BOUHÉLIER

Tu nous viens, ceint de fleurs, prêchant
Le culte de la vie splendide;
Vers l'éternelle Isis, tu guides
Les hommes que troublent tes chants.

Tu jettes à l'humanité
Qui, vieille et lasse, balbutie
Tes éclatantes prophéties
En rythmes beaux comme un été.

Levant sur les âmes meurtries
Un flamboiement de chants nouveaux,
Tu solennises les travaux
De l'homme qui peine et qui prie.

Tu portes la manne de joie
Qui fleurira dans tous les yeux.
La plaine, où dort le blé joyeux,
Au son de tes hymnes ondoie.

Les monts, les forêts et les champs
T'élèvent des apothéoses
Et, dans l'allégresse des choses,
Ton beau luth embrasé de chants,

A l'éclair des foudres pareil,
Convie les hommes solitaires
Aux belles fêtes de la terre,
Aux saintes rondes du soleil.

1899.

A JOACHIM GASQUET

Gasquet ! ta grave voix torrentueuse sonne
Avec des bruits d'abîme inconnus et berceurs !
Et tu le lèves plein d'éclat vers les neuf sœurs
Ton luth pesant de chants mûris comme un automne !

O créateur extasié, tu fais revivre
L'âme éplorée des flots et les frissons des nuits !
Ta force d'or t'éclaire et la Beauté t'enivre,
Et tous les astres d'aube en tes beaux yeux ont lui.

Or, le monde t'accueille avec amour, sachant
Qu'en toi tressaille une âme aux rythmes fiancée.
— Près de la rive ont retenti d'antiques chants
Et tu portes la lyre éclatante d'Alcée.

A MAURICE MAGRE

Magre, ton cœur roula, comme un torrent pieux,
Les pleurs de la douleur féconde, car tu portes
Un idéal humain aux mystiques fois mortes,
Et tu veux faire aimer la terre avant les cieux.

Pâle, la pitié vint vers toi comme une femme,
Et te tendit l'amour de son sein soulevé,
Elle baigna ton front de caressantes flammes,
Car, à ta voix, des vents plus doux se sont levés.

Comme Jésus de Nazareth, tu viens fleurir
De rameaux d'olivier les foyers solitaires,
Tu nimbes de rayons les pauvres de la terre,
Depuis toujours las de maudire et de souffrir.

Et pour fêter l'œuvre des jours, tu dis à l'homme :
« Bénis l'azur qui t'aime et la couche où tu dors,
Et l'églantine dont son pauvre seuil t'embaume,
Et le vallon qui chante avec ses sources d'or.

Sous sa mante de blés et de fleurs éternelles,
Elle est belle, la terre heureuse où nous tombons;
Elle porte comme ta vie le ciel en elle,
Mais il te faut aimer la vie pour être bon.

Dans la splendeur du soir qui te courbe à genoux,
Donne à ton cœur l'amour des colombes ravies;
Sur nos tombes cachées, rien ne fleurit de nous
Que la douceur dont nous avons vécu la vie ! »

Ainsi son éloquence ardente parle aux hommes
Le langage sacré qu'embrase la raison,
Et ton œuvre, nourri du sang des horizons,
Semble une plaine heureuse où chante l'or des chaumes.

POÈMES INÉDITS

Ami, chaque humble effort, ici-bas, est sublime.
Hélas ! le fier lutteur souvent reste anonyme,
Mais le nom des meilleurs mérite un souvenir,
Car l'âme a le besoin d'aimer et de bénir.

M. A.

MADRIGAL

Tantôt vous m'avez dit : « Pourquoi
Toujours votre fervente antienne
Va-t-elle à la Forêt païenne
Où pépient trop d'oiseaux narquois?

Vous ignorez que, sous les cieux,
Il est des rêves qu'on effeuille
Et des lèvres et de beaux yeux !
Vous n'aimez que l'âme des feuilles ! »

Et vous avez même ajouté :
« Vos frères sont les chênes sombres
Dont la verdoyante beauté
Met sur l'herbe des baisers d'ombre.

Vous chantez les halliers lierreux,
La mare où plongent les grenouilles
Et le bruit de la pluie qui mouille,
Dans la sente, un lièvre peureux.

Vous buvez, avec vos amis
Les escargots de la ravine,
Cette mélancolie divine
Qui pleut des arbres endormis.

Et puis, ce sont les tourterelles
A qui vos madrigaux sont dus!
Tout votre cœur est pris par elles.
Ça devrait être défendu ! »

Et moi, je vous ai répondu :

« Belle! la Forêt me comprend,
Elle m'écoute et m'aime seule,
Elle, dont les bras odorants
Ont de longs bercements d'aïeule!

Quand les arbres font la prière,
Son cœur tissé de tous les cœurs
Qui scintillent dans la bruyère,
S'en vient endormir mes rancœurs.

Toujours, elle épand sur mes maux
— O les humaines meurtrissures! —
Comme une amante, en gouttes sûres,
La mélodie de ses rameaux.

Toujours, dès que la vie m'endeuille,
De ma peine elle prend souci,
Je sens aux battements des feuilles
Que son âme sanglote aussi!

Mais si j'osais, j'ajouterais
Que votre douceur m'est plus douce
Que les baisers d'aube et de mousse
Dont m'ensorcelle la Forêt.

Car vos yeux savent me charmer
Mieux que les choses de la terre,
Et j'ai dans mon cœur solitaire
Une place pour vous aimer! »

L'IDIOT DE BEAUCÈNS

(Fragments)

Pour le cher Han Ryner.

Avec quelle douceur ce soir je me souviens
Du cagot que ma mère appelait « L'homme aux chiens »!

C'était un mendiant goitreux, sale et farouche.
Dans ses petits yeux ronds un essaim noir de mouches
Perpétuellement posait son vol heureux.
Son visage, au poil rare, avait des tons terreux.
Tel, il allait, de bourg en bourg, la main tendue.
Et sa bouche, sans dents, par un rictus tordue,
Marmonnait, par moments, des jurons inconnus.
Armé d'un long bâton, il cheminait pieds nus,
N'ayant pour vêtement qu'une loque laineuse.

Il emplissait de cris la route lumineuse
Qu'il suivait, escorté de douze chiens hurleurs,
De race différente et de toutes couleurs,
Saccageurs de maïs et de meules de pailles,
Dont ils mangeaient les œufs, les poules et les cailles!
Et quand on l'accusait de leurs fréquents larcins,
Le cagot se signait en se frappant le sein.
Mais il faisait la joie des enfants de mon âge
Pour son bégaiement drôle et le rouge lainage

Dont il enhaillonnait ses membres amaigris.
Sa voix, au lieu de mots, articulait des cris
Qui tombaient de sa bouche avec un peu de bave.
Puis l'innocent riait, comme bruit le gave
Qui roule en ses flots blancs la neige des sommets,
Comme rit l'aube aussi, sans découvrir jamais
De quelle trame sombre était tissé son rire.
Il riait constamment, devant tout, sans rien dire.
— Bien souvent en voyant ce rire j'ai frémi ! —
C'était « L'Homme qui rit » de Velasquez — hormis
Son goitre qui luisait comme une courge mûre !

Un être qu'en la nuit démente la vie mure
Et chez qui nul soleil intérieur n'a lui,
Qui vivait sans savoir qu'il vivait : c'était lui !
Et son rire, c'était la vengeance de l'âme
A qui la moindre fleur a refusé sa flamme
Et qui n'entend jamais les choses murmurer !

***

Après la halte heureuse aux lisières des prés,
Il appelait ses chiens de sa voix de hulotte;
Un sac en toile bleue lui battant la culotte,
Il s'en venait coiffé d'un grand béret vermeil,
— On eût dit qu'il portait avec lui le soleil
Et la joie dans les pas de son étrange escorte ! —
Pour mendier, dans nos hameaux, de porte en porte.
Cependant ce rôdeur fantastique et pouilleux
Parsemait la terreur dans mon Lavedan bleu
Où la clarté d'Hellas n'est pas encore éteinte.
Lorsque ses chiens hurlaient leurs faméliques plaintes
Dans les monts où le bruit répercuté s'accroît,
Les femmes se cachant disaient avec effroi :

« L'Idiot de Beaucèns qui vient avec sa meute ! »
Il passait en juillet quand la lumière bleute
Les granges où l'on bat le blé de la moisson.
Les hommes sont aux champs, c'est la douce saison
Où les femmes s'en vont tricoter aux terrasses.
Ses chiens faisaient alors de fructueuses chasses
Aux coins des poulaillers chantants et des vergers,
Et les coqs du village étaient vite égorgés !
Puis l'idiot, riant, s'installait sur la place,
Heureux de ce carnage, et bourrait sa besace.
Ses douze chiens montaient la garde autour de lui.
Et tous : les noirs, les blancs, les couleur de pain cuit
Ouvraient insolemment en de féroces poses
Leurs gueules d'où suaient de longues langues roses !
Et lui, comme fier d'eux, les palpant un à un,
Distribuait sa part de pitance à chacun.
Après, il s'adossait au mur d'une chaumine
Pour tuer lentement au soleil la vermine
Qui vers sa chair grouillait du creux de ses haillons.

. . . .
. . . .
. . . .

Quand, en essaim d'enfants tapageurs, nous venions
Le harceler de cris, de chants et de rayons,
Pour le poursuivre, avec sa suite coutumière,
Le long des bois et des coteaux, à coups de pierres,
Lui, levait son bâton, ses chiens montraient les dents,
Et devant leur fureur nous devenions prudents.
Mais, devinant qu'à Gez la bande allait se rendre,
D'un bond près d'un ravin nous courions tous l'attendre ;
Et quand nous entendions en bas « l'homme » marcher,
Nous lui lancions gaiement du sommet d'un rocher,

Pour voir sa meute fuir dans la colline blonde,
Une pluie de cailloux avec nos longues frondes!
Et lui, pleurant de rage, en nous montrant le poing,
Vociférait des mots qu'on ne comprenait point,
Mais qui montaient vers nous, en plainte désolée,
Comme le bruit que fait la mer échevelée
Quand, pour troubler son cœur d'azur dormant et doux,
L'âpre fronde du vent lui jette des cailloux!
C'est ainsi que la meute affamée et hurleuse
Gagnait le hameau proche où chantaient des fileuses.
Alors nous dévalions à travers les gramens.
Criant : « Il est parti l'Idiot de Beaucèns »!

. . . .
. . . .
. . . .
. . . .

Or au temps où les pies de mars mangent les baies,
Mon père qui chassait dans les châtaigneraies,
Un matin, entendit des plaintes et, voyant,
Derrière un pan de roc, le cagot effrayant,
Couché sur une pierre aux mousses mordorées.
Qui tordait en pleurant ses mains désespérées,
Il accourut et, prompt, lui demanda : « Qu'as-tu? »
Il ne répondit pas d'abord, sombre, têtu,
Et fit un mouvement féroce des mâchoires
Comme si, dans son goitre horrible, il voulait boire.
Puis, jetant son béret aux branches d'un vieux houx,
Avec des bégaiements formidables et fous
Qui convulsaient d'effroi sa face grimaçante,
Montrant son grand chien blanc étendu dans la sente
Dont la toison luisait sur un tertre de thyms,
Il hulula des sons douloureux, indistincts,

Où se mêlaient la peur, l'amour et la colère
Dans une explosion de sanglots ! Et mon père,
Tout frissonnant d'horreur, s'approcha du chien blanc.
Le sang, ayant coulé d'une blessure au flanc,
Sur la neige des poils faisait un ruisseau rose.
Quelques feuilles baisaient sa paupière mi-close,
Mais ses membres d'hermine étaient déjà raidis.
Mon père dit : « C'est Basque ! Un chien des plus hardis !
Il a trouvé la mort en faisant la maraude.
Qu'il est beau dans ce lit que la nature brode
Avec de l'herbe sèche et des fougères d'or ! »
Puis il crie au cagot : « Ce n'est rien ! Basque dort !
Il était fatigué sans doute de sa course ! »
Lors le cagot s'en fut boire à même une source
Et son regard sembla se faire plus humain.
Il cacha peu à peu sa tête dans ses mains,
Comme si la douleur avait été trop forte.
Puis il s'agenouilla près de la bête morte,
Ne sachant pas, hélas ! ce que c'est que mourir,
Et lui prit tendrement les yeux pour les rouvrir.
Et l'appelant, avec des syllabes plus douces,
Il pansa sa blessure avec des brins de mousse
De ses doigts qu'autrefois sa langue avait léchés.
Mais la bête restait sur les gazons séchés
Sans vouloir relever ses petites paupières,
Sans mouvement, sans joie, froide comme la pierre
Sur laquelle longtemps le loqueteux gémit.
Alors il se coucha près d'elle et s'endormit.

***

Le lendemain, le vent courbait d'effroi les hêtres
Et la pluie flagellait les choses. Le pauvre être,

De lierres et de houx, s'était fait un abri.
Et trempé jusqu'aux os, sans larmes, sans un cri,
Informe et lamentable, en ce sinistre havre,
Il faisait longuement la veillée du cadavre.
Mon père vint et dit : « Laisse ton compagnon ! »
Mais détournant la tête il fit signe que non,
Et ses bras, telles deux monstrueuses sangsues,
S'agrippèrent aux flancs d'une roche moussue
Comme sous la menace affreuse d'un danger.
Il resta là huit jours sans boire et sans manger.
Ses pieds avaient meurtri le sol comme une herse.
Il frissonnait pareil aux feuilles sous l'averse
Ou semblable au blé mûr que le vent fait trembler,
Mais il trouvait encore la force d'appeler,
Gémissant et hagard, du fond de sa détresse,
En un jargon empli de sauvage tendresse,
Son beau chien, seul ami qui l'aimât dans sa nuit !
Parfois, comme un forçat que le remords poursuit,
Il courait en roulant ses prunelles sanglantes ;
Il meurtrissait son front, il s'accrochait aux plantes :
Hideux, il revenait en rampant vers son chien.
Et le voyant inerte et n'y comprenant rien,
Espérant que ses yeux s'ouvriraient à l'aurore,
Près de lui lentement il s'étendait encore,
Comme un être sans vie, puis hurlait, éperdu,
Peut-être pour hâter le réveil attendu.
Et, pareille au fracas des gouffres quand il vente,
Sa voix dans la forêt répandait l'épouvante.

. . . .
. . . .

Mon père l'assista dans ses derniers moments.
D'heure en heure, il taisait ses forts gémissements.

Il devint doux. Il rit en regardant des grives.
Puis il joignit d'instinct ses deux mains convulsives.
Mon père lui dit : « Prie ! » Et le cagot pria...
Un long baiser baigna le front du paria
Dont la face s'était toute transfigurée
Dans l'horreur de cette agonie démesurée.
Et, sentant peu à peu sur son froid oreiller
Dans sa poitrine obscure un cœur se réveiller,
Il mourut, étreignant d'une étreinte plus forte,
Avec ses bras tannés, avec sa bouche torte,
Dans l'infini baiser dont le bois a frémi,
Le corps du grand chien blanc qui semblait endormi !

ÉPITRE A FRANCIS JAMMES

Jammes, ton souvenir a béni ma pensée.
J'écris ces pauvres mots au bord de la croisée,
Tandis que le clocher qui chevauche un vallon
M'envoie le renouveau de son gai carillon.
Toi, tu es près de moi par ce matin de Pâques.
Un vent plus doux, venu du ciel, sèche les flaques
Qui reflétaient les bras trop nus des peupliers.
Mille invisibles mains accrochent aux halliers
Des fichus verts qui tremblotent de proche en proche.
Comme pour saluer la sonnerie des cloches
Un chardonneret chante au sommet du tilleul.
Moi, j'ai reçu ton livre et je ne suis plus seul.
O Jammes, doux ami des hommes et des lièvres,
Qui parles au Dieu bon caché dans les genièvres,
Ton cœur profond me rit d'un rire puéril
Depuis Orthez, par cette matinée d'avril,
Où les bois berrichons, qu'une aube neuve baise,
Me semblent saupoudrés de douceur béarnaise!
La sève des prés verts monte aux saules rougis,
Et les lilas feuillent le seuil de mon logis.
Par la fenêtre ouverte entrent des clartés douces.
Ton livre en mains, j'assiste à la fête des pousses
Où l'âme des oiseaux soudain se délia.
Et chacun de tes vers chante un alleluïa

Qui répond aux versets des merles et des grives.
Sur l'aile de tes vers tout ton amour m'arrive
Miséricordieux et purificateur !
Ton âme a la douceur naïve des pasteurs
Qui fiançaient la bonté simple à l'harmonie.
Ton ardente allégresse à la prière unie,
Pour dissiper le doute et guérir les rancœurs,
Descend, mieux qu'un rayon de soleil, dans les cœurs.

Comme une fleur, en toi, tu l'as gardée intacte
Cette foi qui préside à chacun de tes actes
Et qui, matin et soir, te prosterne à genoux !
Tu es grand devant Dieu et divin devant nous.
Aux stations des bois où nous nous reposâmes
Tu appris le destin et la route des âmes
Dont la terrestre vie porte une lourde croix.
Aujourd'hui, je voudrais croire comme tu crois.
Joie simple et pure que la raison subtilise :
Cacher mon rêve au coin de la petite église
Comme autrefois, à l'heure où tinte l'angélus !
Jammes, plains-moi. Je ne prie plus, je ne sais plus.
L'impiété, ce vent plus fort que la science,
Dispersant brin à brin mes plus douces croyances,
Mit dans ma vie le doute et son sarcasme amer.
Plains-moi, toi dont le cœur est grand comme la mer.
Ainsi que tu priais naguère pour les ânes,
Prie pour ceux dont la foi chrétienne se fane
Et prie pour moi, pour moi surtout, qui ne sais rien
Qu'ouïr dans la forêt les vers éoliens
Que dit le vent autour des feuilles qu'il effleure,
Pour moi qui ne sais plus joindre les mains à l'heure
Où le malheur qui passe abaisse chaque front
Et qui ne m'émeus plus, lorsque je vois, en rond,

Mes tendres sœurs s'agenouiller pour la prière,
Pour moi qui sans un pleur fis tomber en poussière
Mon idéal d'enfant mystique, si profond !
Grâce à toi, ce matin, pourtant, mon cœur se fond
Au souvenir des Pâques bleues de ma jeunesse.
Et c'est pour que l'espoir des anciens jours renaisse
Avec la joie candide et les vieux us touchants,
Que tu nous as donné les plus purs de tes chants.
Ils me versent un vin dont je me désaltère
Parce qu'ils sont l'écho fidèle de la terre
Qui berce de ses fleurs le sommeil des aïeux.
Ils disent les travaux des Béarnais pieux,
En qui le jour naissant met des clartés nouvelles,
Pour que leur cœur soit humble en nouant les javelles
Et qu'ils remercient Dieu des dons qu'ils ont reçus.
Chantre des métairies et des ravins moussus,
Tu tiens la lyre intime entre tes doigts magiques !
J'ai retrouvé dans tes humaines Géorgiques,
Baignant avec ferveur les plaines et les monts,
L'azur natal, l'unique azur que nous aimons,
Celui qui laisse aux yeux comme un parfum céleste !
J'ai revécu, parmi cette atmosphère agreste,
Au vent des maïs blonds et des blés murmureurs,
La vie de nos bouviers et de nos laboureurs,
Et j'ai reconnu l'âme un peu bohémienne
— Fière parente de la tienne et de la mienne —
De nos bergers naïfs, nourris de liberté,
Qui dansent tout l'hiver et chantent tout l'été,
Doux et rieurs, mais prompts à venger une offense !
Puis tout m'est revenu de ma joyeuse enfance.
Les jeunes souvenirs me montent au cerveau
Avec cette ingénue saveur de renouveau
Que m'apportent tes chants et les brises pascales !
Tu dis vrai : rien ne vaut la lumière amicale

Qui verse l'or aux épis lourds de nos maïs.
Et tu es le divin Virgile du pays
Qui sera l'Arcadie nouvelle. Tout à l'heure
Je songeais au village où mon âme demeure,
Qui revit sous ton rythme grave et mesuré.
Comme un enfant qui se réveille, j'ai pleuré
De passer loin de lui mes jours et de les vivre
Sans la foi sainte qui rayonne dans ton livre.

Je te quitte. Midi ! L'angélus a sonné.
Un rayon d'or parcourt le livre abandonné
Comme pour boire aussi toutes tes stances vives.
Jammes, tu m'as conduit vers les natales rives,
D'où l'âpre destinée semble m'avoir banni,
Par des sentiers pleins de douceur. Je te bénis
De chanter l'humble vie des hommes de ma race.
Et, de toute mon âme aimante, je t'embrasse !

16 avril 1911.

STANCES POUR ALBERT FLEURY

Tu construisis ta lyre avec les doux débris
De ton cœur que brisait la tourmente méchante,
Et, dès lors, tu chantas comme la forêt chante
Lorsque la brise mue en rythmes tous ses cris.

Dix ans, tu t'exilas dans Armor pour entendre
La plainte prophétique et multiple des flots,
Et puis, tu cadenças comme eux tes lourds sanglots
Pour nous donner ce que ton rêve eut de plus tendre.

Et quand de ce sauvage exil, tu nous revins
Pâle de t'être ainsi penché sur le grand gouffre,
Tu regardas le ciel, tu lui crias : « Je souffre ! »
Et tes chants, chaque soir, se faisaient plus divins.

L'ange de la douleur, devant ta lassitude,
Ayant sevré ton cœur de tout ce qu'il rêvait,
Comme un ami venait s'asseoir à ton chevet,
Et la face de Dieu peuplait ta solitude.

Et toi sachant ton songe et ta vie révolus,
Dévoré de tendresse et de miséricorde,
Tu reprenais la lyre et tirais de ses cordes
Des accènts plus qu'humains, comme en ont les Élus.

Mais pleurant de laisser l'œuvre non terminée,
Tu t'arrêtas un soir, las d'errer, de souffrir,
Et tu nous enseignas la grandeur de mourir
Après qu'on a rempli noblement sa journée.

Or nous tous qui suivions des chemins ignorés
Où notre vie était comme une flamme éteinte,
Nous avons bu le vin de ta croyance sainte
Et ton sublime amour nous a transfigurés.

Maintenant, à la voix d'Apollon qui nous mène,
Nous venons les premiers ceindre de fleurs ton front,
D'autres viendront plus tard, car tes vers dureront
Autant que la tristesse et la souffrance humaine.

L'ARÉOPAGE

Quand les méchants m'eurent banni,
J'usai contre eux d'un stratagème :
Dans mon grenier je réunis
Tous les grands poètes que j'aime.

Depuis, pour narguer devant l'âtre
La Bêtise au mufle hideux,
J'ai l'image de chacun d'eux
En des estampes ou des plâtres.

Paul Fort pense sur l'escabeau.
Fleury, près de la cheminée,
Avec ses yeux profonds et beaux
Semble lire ma destinée.

Et Paul Verlaine, dont le buste
Exorcise mon cartonnier,
Me dit d'avoir le rythme juste
Et la foi du bon charbonnier.

Jammes, que le Permesse abreuve,
De son plus naïf olifant,
Me sonne des mélodies neuves
Pures comme des voix d'enfants.

Près de Rollinat, Bouhélier,
Cueillant des fleurs qu'oublia Dante
Devers l'Érèbe aux faims grondantes,
Descend les humains escaliers.

Du haut de son cadre, Banville
Sourit d'un sourire païen.
Lui qui hait toute tâche vile
Me crie : « Chante ! Chante ! C'est bien ! »

Et Léon Dierx, toujours sans fard,
Voyant mon âme triste et nue,
Apaise son aiglant regard
Et dit tendrement : « Continue ! »

« Ma douceur, ajoute Chénier,
Bénit ta lyrique atmosphère,
Et comme un divin prisonnier,
Tu écris des vers. Pourquoi faire ?

Pour faire simplement comme eux,
Pour rythmer ta vie et, peut-être,
Pour oublier l'appel brumeux
Que la mort tinte à ta fenêtre.

La putain Gloire, tu t'en fous,
Elle se donne à qui la paie !
Toi, si tu lies tes rêves fous
En une gerbe sans ivraie,

C'est que ton pauvre cœur tremblant,
Qui n'est riche que de cadences,
Souffre moins quand le papier blanc
A recueilli ses confidences.

Fais donc des vers pour te les lire
Sans soif d'un renom passager.
Le plus sublime écho de lyre
Ne vaut pas un fruit du verger! »

***

Et lorsque Celle dont les mains
Ont la douceur des fleurs qu'on froisse,
Vient avec une tendre angoisse
Constater que sur mon sous-main

La page est vierge — ô pure page! —
De mes vers doux ou persifleurs,
Je dis, montrant l'Aréopage :
— J'aime mieux entendre les leurs!

POUR DEUX JEUNES FILLES

I

Puisque tes beaux vingt ans aujourd'hui sonneront
Parmi les rires et les roses,
Et qu'un penser plus grave inclinera ton front
Vers l'ineffable émoi des choses;

Puisque tu tournoieras ce soir d'un air vainqueur
Dans l'envol clair des danses
Pour célébrer l'anniversaire de ton cœur
Qui va s'ouvrir aux confidences;

Puisqu'autour de ton cou nos bras entrelacés
Forment d'adorantes écharpes,
Et qu'aux hymnes berceurs sont mêlés nos baisers
Comme des voix aux voix des harpes;

Puisque des doigts divins pour tes pas innocents
Cueillent des rayons qu'ils effeuillent,
Et que l'alme nature a parfumé ton sang
De toutes les fleurs que tu cueilles;

Puisque dans la nuit bleue, les rossignols plus gais
Te dédient leur chant qui t'obsède,
Que la terre et les cieux semblent s'être ligués
Pour qu'à l'amour ton âme cède;

Laisse ta grâce heureuse — ignorant l'art maudit
De l'utile et subtil mensonge —
S'épandre autour de nous ainsi qu'un feu splendit,
Éblouie de son propre songe.

Tu viens les yeux rivés au livre de tes mains
Ou sur le dessin que tu brodes,
Sans connaître le doute et l'erreur des chemins,
Ni les ténèbres de nos fraudes.

C'est qu'à tous les rayonnements de tes vingt ans
S'ajoute, adorable prestige!
L'essor d'une âme aux pensers purs, tel au printemps
Un lys qui brille sur sa tige.

C'est que ta foi rieuse et ta simplicité
Sont plus belles que ta jeunesse.
Garde comme un trésor cette unique beauté,
La plus douce que l'on connaisse.

Garde ton enjouement naïf, et garde aussi
L'espoir de cueillir sur ta route
La rose du bonheur, avec l'époux choisi,
Pour que ton âme s'ouvre toute.

II

Qu'ils seront beaux, ô mon enfant, tous tes demains.
Goutte à goutte, chaque journée
Te versera l'or de son amour. Dans tes mains
Tu tiens toute ta destinée.

Car comme les fleurs font l'odeur qui poivre l'air,
Comme un qui sculpte sa statue,
Toi-même tisseras le voile sombre ou clair
Dont tes heures seront vêtues.

Aime la sainte vie. Et porte en toi, si tu
Veux qu'elle soit plus lumineuse,
La clarté dont est fait l'habit de la vertu
Qui va, cachant sa main donneuse...

Afin de savourer, comme on mange un fruit mûr,
Le douloureux péché de vivre,
Autour de toi reflète ainsi qu'un lac l'azur
Cette bonté dont tu es ivre.

Ne marque pas le moindre instant de ton destin
D'un indélébile blasphème,
Et pour bénir la vie salue chaque matin
Par ces mots : « Lumière, je t'aime ! »

« J'accepte avec amour ta rayonnante loi.
« Fais que ma soif du Bien s'étanche! »
Cela suffit pour que la paix descende en toi
Avec ses milliers d'ailes blanches.

Mais ne vois pas le jour plus nuageux qu'il n'est
Et ne dis jamais : « Je m'ennuie ! »
Car l'instant qui s'en va, dès qu'on le méconnaît,
Laisse sur l'âme un peu de suie.

Regarde la douleur d'un front toujours serein.
Dis-lui : « Mon être qui flamboie
« N'aspire qu'à la joie. Pourtant je ne te crains
« Pas plus que je ne crains la joie.

« Je ne te connais pas. Mais quand viendront les maux
« Que pour vivre il faut qu'on supporte,
« Tu feras à ma volonté de tels rameaux
« Que contre tout je serai forte ! »

Puis, fixant ses grands yeux, baise-la sur le front
Comme une douce et vieille amie,
Elle te guidera vers ceux qui souffriront
Pour leur apporter l'accalmie.

Alors, sachant offrir la pitié de tes bras,
Tu passeras, calme et ravie,
Heureuse du bonheur des autres. Tu vivras
Dans l'équilibre de la vie.

POUR ACHILLE MILLIEN

Ceux qui veulent trop tôt que leur gloire s'allume
Au ciel d'or de la Ville où se crée le renom,
Qui nourrissent l'espoir dès leur premier volume
De remplir l'univers de l'éclat de leur nom;

Ceux qui clament pour faire croire à leur génie
Que leur sublime luth comme un bel astre luit,
Et ceux dont l'arrivisme insatiable nie
L'artiste qui travaille à son œuvre sans bruit,

Ignorent que l'Aède, en qui la Muse ardente
Dépose des trésors de lyrique clarté,
Cherche l'aube divine et cache comme Dante
Son noble effort pour tendre à la pure Beauté!

Toi, loin d'eux, Millien, élu de la déesse
Qui parfuma ton front de son plus pur baiser,
Ce rêve glorieux que tout homme caresse,
Dans ton hameau fleuri tu l'as réalisé.

Et tu nous as donné les chants qu'on peut attendre
De celui qui cultive à la fois chaque jour
Son jardin que les pas des aïeux font plus tendre
Et son cœur où Dieu mit les vrais rythmes d'amour.

C'est ainsi qu'elle est née au fil ténu de l'heure,
Autour de la maison et du clocher natal,
Ton œuvre, qui selon les instants rit ou pleure,
Imprégnée d'harmonie, éprise d'idéal.

Alerte Morvandelle aux yeux bleus, elle est saine
Comme les beaux fruits mûrs que l'automne a dorés.
Elle a la pureté de l'eau de ta fontaine
Et l'on sent sous tes mots l'émotion pleurer.

Elle ressemble toute à ta petite église
Qui n'est qu'amour et foi. Je sens en te lisant
Que chaque vers tombé de ton cœur réalise
L'amour de ta pensée et la foi de ton sang.

Aimant les travailleurs, tu leur as fait l'offrande
De tes contes écrits uniquement pour eux.
Ta gloire bucolique en est encore plus grande.
Tu fis naître en leur cœur des échos valeureux!

Ta gloire est la chanson où le pâtre s'admire,
C'est la fleur que ta main a cueillie à ton gré
Pour l'offrir à la jeune fille qui se mire
Dans l'eau du ruisselet riant le long du pré.

Ta gloire est la complainte où revivent les gestes
Des bûcherons naïfs et des semeurs de blé.
C'est la chute de ton *Héros* aux yeux célestes,
Qui meurt sans voir l'Éden dont il est exilé.

Mais ta gloire est aussi l'amour rare et fidèle,
Grandissant chaque année au contact de ta foi,
Que t'ont voué nos cœurs admiratifs : vols d'ailes
Qui s'en vont palpiter le soir autour de toi!

*
* *

Je veux aller te voir à Beaumont-la-Ferrière
Qui prit exprès pour toi l'aspect agreste et doux,
Un jour d'automne, quand l'adieu de la lumière
Se fera plus intense au front des arbres roux.

Nous nous promènerons. Moi, je te verrai vivre
Dans ce cadre où ton cœur ne cessa de vibrer.
Tu me liras les vers les plus beaux de ton livre
Et nous nous surprendrons tous les deux à pleurer.

Ivres de la douceur de l'unique journée
Où nous aurons béni l'un et l'autre le lien
Qui si tardivement unit nos destinées,
Tu garderas ma main dans la tienne, ô Millien !

J'écouterai ta voix émouvante et ravie
Louer les coteaux gris et les cieux nivernais,
Quand elle dira le mystère de ta vie,
Je verrai naître alors l'œuvre que je connais.

Vois : plein de la ferveur que j'ai puisée en elle,
Avec un rameau vert vers toi je suis venu :
O Maître ! accepte-le d'une main fraternelle
Ce myrte que te tend un poète inconnu.

SANCERRE

Ceinte de la splendeur que l'azur t'a donnée,
Pour plaire aux peupliers du val qui font des signes,
Tu t'accoudes, heureuse, aux balustres des vignes,
Et Saint-Satur envie ta grâce abandonnée.

Quand le soir a béni l'œuvre de la journée,
Esseulée, tu t'endors sous ton manteau de vignes,
Lasse de voir mourir une à une les lignes
Des coteaux aux ceps d'or d'où ton audace est née.

Parfois, ton passé pleure et tu ne veux pas croire
Qu'elle est morte à jamais toute ta fière gloire,
Car tu es toujours libre, ô ma douce rebelle !

Et c'est pourquoi ta Tour, regardant d'un air triste
Les lointains se bleuter, semble dire au touriste :
« Venez voir Celle qu'on délaisse et qui fut belle ! »

Automne 1922.

TA LETTRE

Ce matin, mon enfant, quand ta lettre est venue,
J'étais dans mon jardin sous les lilas parleurs.
Je l'attendais. En la lisant, mon âme émue
Trembla comme un rosier que la brise remue,
Et j'eus peur de pleurer devant la joie des fleurs.
Tu me disais : « Tu es pareil à l'oiseleur,
Car tes vers sont les rets qui prennent l'ingénue ».
Et ta lettre, sous son ironie contenue,
N'apportait pas l'aveu qu'attendait ma douleur.
Pourtant, par un puissant et subtil sortilège,
J'ai lu par elle, en toi, comme en un florilège :
Je sais que ta tendresse égale mon émoi,
Et qu'un jour se penchant sur le mal qui m'oppresse,
Ton cœur, lys incliné, saura fleurir sur moi
Avec des mots humains plus doux qu'une caresse.

LE JARDIN

A Abel Tortrat

Mon pauvre cœur, qui voit ses illusions mortes,
Et qui ne sent plus rien de beau vibrer en lui,
Succombant sous le poids écrasant de l'ennui,
Semble un jardin désert dont on a clos les portes.

Ceux qui l'ont vu rempli de fleurs de toutes sortes
Ne le reconnaîtraient qu'avec peine, aujourd'hui,
Depuis que l'oiseau bleu du bonheur s'est enfui,
On n'y rencontre plus que ronces et cloportes.

Je sens toujours des pleurs monter à mes yeux las
Dans la bonne saison des chants et des lilas.
Parmi tant de parfums, de joie et d'harmonie,

Mon cœur, à souffrir seul, s'est, hélas ! résigné,
Et j'attends vainement que quelque main bénie
Ouvre la porte du jardin abandonné.

DEUX POÈMES

(Ses derniers vers)

Pour le cher Albert Perrin.

I

Il est des cœurs dont on ignore
Les moindres émois frissonneux;
Ils gardent l'or qui vibre en eux
Comme un parfum dans une amphore.

Parfois, nos chants qui les explorent
Touchent ces trésors lumineux
Où ne croît nul lys vénéneux
Et vers l'amour les font éclore.

Alors ils parfument la vie
De toute leur douceur ravie.
Or, votre cœur est de ceux-là.

J'en ai deviné la tendresse
Le jour où, pleurant de détresse,
Le mien devant vous se troubla.

II

A boire ensemble l'or de cet été fleuri
Et, côte à côte, à respirer la même brise,
Chaque jour, un peu plus mon âme s'est éprise
De toutes les clartés dont ton être est pétri.

Tes yeux, ces doux soleils dont l'or vert électrise,
Ont dû ressusciter mon pauvre cœur meurtri,
Mais, riant aux couchants, toi tu n'as pas compris
Quelle place en ce cœur ton image avait prise.

Oubliant près de toi mes projets décevants,
Je sens l'instant plus pur, je trouve plus fervents
Les agenouillements des houx et des genièvres,

Qui sont comme les bons prieurs de ma forêt.

Et quand le soir descend, vers nous, à pas distraits,
En étoilant tes yeux qui songent, je voudrais
Dans le frissonnement alangui de ma fièvre

Mourir avec la fleur qui se meurt à tes lèvres.

MICHEL ABADIE DANS LES CHATAIGNERAIES DE SAVIGNY

d'après un dessin de F. BELLANGER

SUR LA TOMBE DE MICHEL ABADIE

PALMES ANCIENNES

Si Michel Abadie maniait le pinceau, il aurait la richesse de coloris d'un Bordone ou d'un Jordaens. Son verbe est éclatant et son épithète rutilante ou dorée. Ses vers ont une musique pleine d'ampleur et de résonnance.

ANDRÉ THEURIET.

*
* *

Ardent, passionné, généreux, Michel Abadie porte une âme qui bat et s'élève d'un grand souffle.

CATULLE MENDÈS.

(Rapport national sur la Poésie, Paris 1900*)*.

*
* *

Michel Abadie anime et vivifie tout ce qui l'entoure. Il prête une âme aux torrents, aux arbres, aux fleurs. Ce sont des amis dont il interprète les joies et les larmes.

Dans son œuvre, il n'est pas jusqu'aux qualificatifs parfois outranciers, jusqu'aux images de prime abord déconcertantes, jusqu'aux violences délibérément faites aux tournures habituelles du langage, qui ne témoignent de l'intensité de sa passion pour la nature, par l'effort éperdu qu'ils décèlent chez le poète dans la poursuite et dans l'étreinte de son rêve.

FRANÇOIS COPPÉE.

(Article du Journal, 1898, *cité dans le livre de Fernand Clerget).*

* * *

J'aime presque tout en lui : la cadence parfois heurtée du vers toujours ample, ses visions nostalgiques et volontairement diffuses, ses élans larges où la phrase splendidement s'éploie. La grâce, la douceur, le charme sont ses qualités dominantes. Ses églogues évoquent le rythme doux des rêves de Chénier.

ARMAND SILVESTRE.

(Le Journal, juin 1895*).*

* * *

Il existe un poète dont personne ne parle, c'est Michel Abadie. Je considère cet écrivain comme le Shelley français. Il y a dans sa poésie un mélange de spiritualité et de panthéisme absolument nouveau. Je le regarde avec Mme de Noailles comme l'un des plus grands poètes de notre âge.

SAINT-GEORGES DE BOUHÉLIER.

(La Littérature contemporaine, par Georges LE CARDONNEL et Charles VELLAY, 1905*).*

*
* *

Vous êtes bien ivre, comme si vous aviez bu toute l'ivresse de la forêt, et vous nous apparaissez, à nous qui tremblons à sa lisière, comme l'Orphée qui dit le rêve.

Des poèmes comme *la Cabane d'Endymion* ou *la Grotte de la Mélancolie*, un pur sanglot comme *Polymnie*, sont uniques en notre langue. C'est à ces sources d'or que Signoret et Bouhélier ont puisé, pour l'héroïser à leur manière, la plus farouche de leur inspiration. Mais chez vous, il y a je ne sais quelle fauve virginité où le faune se change en ange, qui est inimitable.

JOACHIM GASQUET.

(Lettre à Michel Abadie, septembre 1910*).*

*
* *

Michel Abadie n'a pas l'âme berrichonne. C'est un Gascon déraciné, déraciné malgré lui, par les exigences de la vie, car il adore sa Gascogne, ses Pyrénées, comme nous aimons notre Berry et nos plaines.

Malgré tout, notre cher pays l'inspire, et si les rossignols bigourdans chantent un chant plus sonore, par des nuits plus claires que les nôtres, les colombes dans la profondeur des vieux châtaigniers n'ont pas de roucoulements plus doux ! *Le Cœur de la Forêt* est un hymne ardent à la nature. On sent vibrer une âme vraiment poétique, doucement païenne, dégagée de toute influence scolastique ou conventionnelle. C'est pourquoi je salue avec joie ce poète libre et fier qui chante sa « terra d'oc » dans la plus pure langue d'oïl.

HUGUES LAPAIRE.

(Le Berrichon de Paris, 1er octobre 1910*).*

***

Abadie ne cherche pas l'énigme de la vie. La douceur de vivre, d'adorer, lui suffit. Il sait qu'il apporte l'ode heureuse où triomphe l'amour. En errant par la campagne, il a dérobé leur cœur aux colombes, des roses se sont effeuillées sur son âme, les sources lui ont jasé leurs rêves et, penché vers elles, il a cru les entendre pleurer en lui. Mais il est surtout le promeneur fidèle de la forêt, un des derniers sans doute qui l'aura aimée et célébrée. C'est elle qui le forma, qui lui garda un cœur juvénile et croyant. En elle, il a puisé ses chants ; les arbres lui ont appris leurs sublimes paroles et lui-même leur a conté ses joies et ses peines. Elle l'a récompensé en l'enlaçant de ses ramures aimantes, en l'habillant de sa grâce, en abritant son rêve au creux de ses branches, en s'unissant mystérieusement à lui, qui voudrait, un jour, l'éternel repos à l'ombre de ses chênes.

FERNAND CLERGET.

GERBES NOUVELLES

Je ne me suis rencontré qu'un jour avec Michel Abadie, à Pau, grâce à mon ami Albert Fleury qui nous avait priés à déjeuner à l'hôtel Henri-IV. Il y a de cela une quinzaine d'années. Fleury traversait l'un de ces moments de bien-être qui, dans le genre de maladie dont il était atteint, sont parfois d'assez mauvais augure. Il fut terrassé peu après, ayant retrouvé dans une foi longuement méditée les consolations et les espérances les plus hautes. Mais alors, il ne croyait pas davantage que celui qu'il me présentait. Ce fut entre nous, néanmoins, des heures de la plus cordiale entente. Je ne sais qui paraissait le meilleur, de Fleury ou d'Abadie. Aussi fougueux l'un que l'autre, celui-ci l'était avec une sorte de puissance sanguine. La pourpre de son visage, ses longs cheveux qu'il secouait, sa corpulence le rendaient moins affiné que son camarade, qui avait l'air d'un prince indien et qui ne gardait de l'apôtre populaire que ce que ses théories lui en imposaient.

Pour Abadie, c'était un vrai primaire, et je ne veux pas que l'on voie là un détriment. J'ai trop de respect pour sa mémoire. Je ne retiens, du sens de ce mot, qu'un désir effréné d'apprendre, une sorte d'encyclopédique avidité, une tendance enthousiaste à accepter sans contrôle les plus bouillonnantes nouveautés. Il nous a quittés peut-être dans cet état, quoique point sans luttes. Il est plus opportun de n'en point disputer ici.

De très dures épreuves — entre autres la mort d'une fille angélique et merveilleusement douée — assombrirent la fin de ce grand poète, qui ne dédaigna point les plus humbles tâches qui incombent à l'instituteur villageois.

Il avait été mis en vedette par les rédacteurs de *La Revue naturiste.* Et je dois dire, après tant d'années, que si m'agaçait parfois la manière dont un Saint-Georges de Bouhélier remisait tant d'autres et moi-même qui n'appartenions pas à ce groupe, je lui sais un gré infini d'avoir prôné comme il l'a fait Michel Abadie. Ce n'était que justice, et personne mieux que moi, qui suis le compatriote du bigourdin Michel Abadie, ne pouvait goûter cet air pur, cette senteur de buis, ces roucoulements de la montagne. Ses chants demeurent parmi les plus harmonieux et les plus classiques de notre langue. Phénomène assez curieux, mais fréquemment observé par moi chez d'autres poètes, on ne retrouvait nulle trace dans son génie de cet illuminisme qui eût pu lui nuire. Son goût est parfait; la sobriété qu'il a rejoint la tenue de cette langue grecque qu'il m'a dit regretter beaucoup de n'avoir pas apprise. J'estime qu'il a pu s'en passer. Il portait en lui toute la saveur hellène.

Durant de longues années, jusqu'à sa mort, je n'ai eu d'autres nouvelles de Michel Abadie que durant la guerre et à l'occasion de ses grandes épreuves. Non, pourtant : il me fit un jour demander une préface, par l'intermédiaire de son cher ami François Veuillot, pour un recueil de poèmes qu'il projetait : *La Couronne d'Asphodèles.* J'eusse été très honoré de la lui accorder. Maurice Le Blond croit que ce livre n'a jamais été écrit. C'est dommage.

On ne peut expliquer le manque de gloire de Michel Abadie que par une dignité, une sauvagerie charmante qui le tenaient loin des correspondants. Sa chère et digne femme, leurs enfants, les tableaux des sciences utiles qui ornent les murs de l'école, les petits qu'il instruisait, ce fut tout son horizon, un horizon qui ne s'élargissait qu'au dedans.

Sans qu'il en fît part à d'autres, sa poésie lui suffisait, comme le miel à l'abeille qui le compose au creux d'un chêne inaccessible à l'homme.

FRANCIS JAMMES.

***

J'ai à peine connu Michel Abadie. Mais quand je l'ai rencontré, j'ai senti une âme claire et ardente ; c'était l'homme de ses poèmes dont la résonance est si pure, qui sont transparents, qui sortent vraiment de son cœur comme un chant. La nature était devant lui avec ses arbres, ses ruisseaux, ses fleurs, son ciel et ses oiseaux, comme autant de signes d'un univers idéal. On sentait que pour ce poète son existence sur la terre était à peine réelle. Il était doué du regard qui pénètre les choses, qui va au fond de l'être. Abadie est un authentique naturiste, et il me semble qu'avec Francis Jammes, et placé d'ailleurs à un tout autre endroit, il est parmi nous le chanteur qui a su le mieux communier avec Pan.

EUGÈNE MONTFORT.

***

Je ne puis penser à Michel Abadie sans me réciter à moi-même ces vers dans lesquels il semble que le poète ait pris plaisir à se représenter sous les traits d'un pâtre :

Moi, dont le vœu d'amour ne fut pas exaucé,
Je ne suis qu'un berger naïf et doux qui sait
A peine enfler de vent sa musette sonore...

Tout ce poème, d'une si belle venue, d'un tour si rustique et si vrai, est admirable de recueillement, de simplicité, de douceur virgilienne. Il y en a beaucoup comme cela dans l'œuvre de cet homme qui passa sa vie si près de la nature dans un humble village. Quoi ! diront les sceptiques, dans un simple village, à peu près délaissé, dédaigneux de la fausse gloire, a vécu ce pur et noble artiste en qui les voix de Mistral, de Moréas, de Banville, voire du Victor Hugo des *Chansons des Rues et des Bois*, ont trouvé comme un écho discret, renouvelé, toujours franc et personnél ? Mais oui ! Et c'est ainsi que passa le siècle, ahuri, béat, n'écoutant que les cris des bateleurs de tréteaux, ignorant de cette jolie source jaillie du cœur de la forêt française, et dont l'accent sylvestre, le murmure bucolique ont, pour nous, tant de fraîcheur et de suavité.

Ma forêt ! tu la connais, Georges,
Comme Léon Dierx la connaît,
Avec sa robe de genêts
Toute incantée de rouges-gorges !

Le poète qui a aimé les bois d'un cœur si farouche, si tendre, et laissa de si parfaites œuvres, trouva le secret d'unir, dans ses chants nouveaux, le souvenir de nos vieux Français de la Pléïade à l'accent de nos « forestiers » les plus pénétrants des temps modernes. Ce poète-là est un maître.

EDMOND PILON

*
* *

A Michel Abadie, homme très ample par ses vertus, poète insigne qui a traduit dans la beauté du rythme la majesté de la terre et les voix innombrables de la nature, au milieu des coteaux décorés de vignes, en mémoire de ses vers comme le vin chargés de force et de chaleur par les rayons du soleil, un cippe témoin de leur fidélité et de leur amour, ses amis sont heureux d'ériger.

Par sa personnalité morale autant que par son œuvre, cet homme nous est donné comme un signe et comme un prodige dans ce siècle.

Michel Abadie a entendu rester toute sa vie un simple instituteur, un bon maître d'école pour les petits du village qu'il adorait comme les oiseaux qu'il a si bien chantés. Que si son âme était ouverte aux vastes horizons et que s'il lui plaisait de s'élever à la contemplation de l'idéal, il a cru qu'il n'en devait pas moins s'appliquer à la tâche quotidienne et remplir strictement les devoirs du métier qu'il respectait pour la régularité de sa discipline et les secrètes joies de la conscience. Le spectacle de sa vie dresse devant nous un homme antique qui a méprisé les richesses, qui avait le dédain de la publicité et de cette vanité de paraître qui lui était petite. Michel Abadie a échappé à tous les pièges que le siècle tend à une tête bien faite, et ce poète, qui aurait pu se laisser séduire par les paroles fallacieuses et l'adulation des admirateurs, n'est pas de ceux qui ont fait tomber de leur or sur les écailles de cette chimère que l'on appelle la renommée.

Fort par l'esprit, il est resté fort par le caractère. Fuyant la voie triomphale, il a préféré cultiver son jardin. C'est parce que son ombre légère, coupée de raies de lumière, était propice à la vraie sagesse.

Mais dans un temps où nous voyons des êtres de proie se déchirer dans une âpre lutte, tandis que des insensés et des impudents se jettent dans une spéculation mortelle à l'équilibre de la cité pour capter le gain au risque de l'opprobre, n'est-ce pas un réconfort que d'exalter le souvenir de ce très humble semeur de rêves qui a préféré aux biens périssables les hautes jouissances morales.

Aussi fut-il le poète de l'amour et de la forêt. Nous pouvons chacun être à nous-mêmes notre poète de l'amour. Il n'y a pas de vie humaine où l'on ne puisse découvrir une avenue ouverte sur l'idéal. Mais Michel Abadie embrassait le vaste monde de son amour : son généreux panthéisme transformait les choses et les êtres en objets divins.

Nous sommes tous poètes de la forêt, puisque nous traversons la vie, comme elle, nombreuse et pleine de mystère. Dante, au début de sa tragique vision, s'était « égaré dans une forêt obscure, hors de la droite voie ». Notre poète Michel Abadie partait, à l'aube, dans une forêt transparente, qui lui semblait percée de fusées lumineuses et qui vibrait si bien de toutes les voix de la nature qu'il en revenait le soir tout enivré, au point de voir, dans les yeux de celle qu'il aimait, tomber au couchant les étoiles.

MARCEL PLAISANT.

***

Je ne l'ai connu que par ses vers et par quelques

lettres intimes. Mais son art est si sincère, si profond et si pénétrant qu'il me semble avoir vécu de longues années auprès de lui. Quiconque le lira croira entendre une voix tendre, pénètrera une âme exquise. Ce poète n'est qu'une âme qui chante. Sa grâce est faite, comme celle de l'enfant, de vérité suave et naïve. Ses petits livres apportent des joies purifiantes comme les caresses des petits, des joies fortifiantes comme les paroles loyales des rares êtres qui ont su grandir sans se déformer, comprendre, ou presque, sans s'aigrir. Chaque lecteur nouveau sera une gratitude de plus et une amitié de plus.

HAN RYNER.

***

Mon cher beau poète ami, vous qui pouviez être une des plus vivantes cigales, selon Dieu, voici que vous ne chanterez plus.

Vous, dont la voix chantait, dont la prose chantait, dont le vers chantait, vous dont toute la vie n'était qu'un chant, voici que le silence définitif vous a pris tout entier.

Vous, dont chaque geste ajoutait à la clarté qui se dispensait naturellement autour de vous, voici que la nuit éternelle vous garde à jamais.

Eh bien ! quoi qu'il résulte de la terre et des hommes, pour tout ce que vous avez souffert, pour tout ce que vous aviez le droit d'espérer, pour tout ce que vous avez été si harmonieusement et si douloureusement, qu'il me soit permis — et j'en remercie les vôtres si chers et vos amis, et je les en remercie d'un cœur que fait trembler la plus vive reconnaissance — de vous adresser le salut d'un de vos frères très humbles qui s'enorgueillit de crier devant tous qu'il vous aimait et vous admirait, et qui nourrit en lui le remords de n'avoir été qu'un insuffisant ami.

JACQUES-NOIR.

***

ADIEU

Quand dans le lit suprême, il me faudra descendre,
Quand je ne serai plus, sans tragiques adieux,
Je voudrais que l'on vînt, dans la langue des dieux,
Déclamer un sonnet sur ma modeste cendre...

Comme la fleur des bois, j'ai vécu, doux et tendre,
Mais toujours j'ai cherché, le regard dans les cieux,
Toujours plus de soleil, d'azur plus radieux,
Et le cruel secret que nul ne peut comprendre...

Je voudrais, disais-tu, qu'une voix recueillie
Vienne dire sans pose à l'assistance amie
Les sommets d'idéal où je me suis haussé,

Que le rythme divin, murmuré par ta bouche,
Me berce doucement dans la funèbre couche...
— Mon frère, dors en paix, ton vœu est exaucé.

ABEL TORTRAT.

(Sonnet dit par M. Abel Tortrat aux obsèques de Michel Abadie).

MICHEL ABADIE

(d'après un croquis à la plume de Romuald JOUBÉ)

AUTOGRAPHE DE MICHEL ABADIE

Parmi l'allégresse totale
Mon cœur se fond dans l'air qui luit,
Ému du plus suave bruit
Que la terre automnale exhale.

Et je savoure oubliant l'heure
Et les maux qu'il faut endurer,
La joie immense de pleurer
Sans trop savoir pourquoi je pleure.

BIBLIOGRAPHIE

I. — ŒUVRES DE MICHEL ABADIE

Pécats de Youènésso, poèmes bigourdans (parla d'Ariélès). Hors commerce, 1887.

Le Mendieur d'Azur. Édition privée. Imprimerie A. Raymond, à Parthenay, 1888.

Sanglots d'extase. Léon Vanier, 1891.

Le Pain qu'on pleure, avec une préface de Fernand Clerget. Bibliothèque de l'Association. Paris, 1895.

Anthologie des Instituteurs-Poètes, en collaboration avec Martial Besson. Préface d'Édouard Petit. Bibliothèque de l'Association. Paris, 1897.

Les Voix de la Montagne, édition ornée d'un portrait du poète. Bibliothèque artistique et littéraire. Paris, 1897.

L'Angélus des Sentes. Bibliothèque de l'Association. Paris, 1901.

Jours de Tendresse, proses. Hors commerce, 1903.

L'Hymen de la Forêt. Hors commerce, 1905.

Le Cœur de la Forêt. Sansot et Cie. Paris, 1910.

II. — COLLABORATIONS ET ACTIVITÉS

La Fraternité littéraire (Tarbes, 1887). — **La Plume** (1889-1902). — **L'Ermitage** (direction Henri Mazel). — **Les Documents sur le Naturisme** (1895-1896). — **Le Livre d'Art** (direction Paul Fort, 1896). — **La Revue naturiste** (1898-1901). — **La Vie libre** (tentative de revue berrichonne, sous la direction de Michel Abadie, 3 numéros, 1905-1906). — **L'Aurore** (Michel Abadie a publié régulièrement dans ce journal, de 1907 à 1909, une série d'articles sous le titre général : *A l'Ombre de l'École,* où il traitait, dans une langue vigoureuse et avec une rare indépendance d'esprit, de questions pédagogiques. Il y ouvrit aussi une *Enquête* sur la *Séparation, source d'une Renaissance)*. — **Isis** (1908). — **Bulletin de l'Association Émile Zola** (1909, article sur *Émile Zola et les Instituteurs)*. — **Les Visages de la Vie** (revue belge, 1910). — **Les Tablettes** (janvier 1911, mai 1912). — **Les Cahiers du Centre** (article sur *Stéphane Servant*, octobre 1911). — **Vers et Prose** (1913-1914).

Michel Abadie a encore collaboré fréquemment à des journaux régionaux, entre autres *l'Avenir du Cher, le Journal du Cher, la Tribune du Berry*, sous les divers pseudonymes d' « Abel de Mahici », « le Cousin Booz » et « Adèle Chaïbim ». Une plaquette de 32 pages, signée de ce dernier anagramme, intitulée *Lettre sur les Mystères de la Vie*, sous presse au moment de la mort du poète, parut, en 1923, aux *Éditions d' « Aujourd'hui »*.

Plusieurs de ses poèmes ont été mis en musique, notamment *Les Chênes*, par le maître Gustave Charpentier, et *Les Statues*, par M. Jacques Martel. Ces mélodies n'ont pas encore été éditées.

Michel Abadie a fondé dans le Centre plusieurs groupements artistiques ou d'éducation populaire, notamment *Les Petits Pèlerinages laïques* et *Les Veillées Berrichonnes*. En 1902, il conduisit à Paris la délégation des poètes provinciaux qui prit une part officielle aux fêtes du Centenaire de Victor Hugo. Causeur à la voix chaude et chantante, il donna des conférences à Saint-Amand, à Bourges, à Orléans, etc., sur *Maurice Rollinat, Victor Hugo, La Poésie nouvelle*, etc. En 1921, il fut un des inspirateurs du *Groupe du Berry et Nivernais*.

III. — A CONSULTER

Ernest Raynaud, « Sanglots d'extase ». *Mercure de France*, février 1892.

Olivier de Gourcuff, « Le Pain qu'on pleure ». *Revue de Bretagne et de Vendée*, novembre, 1895.

Emmanuel Signoret, André Ibels (Tribune libre, incident Michel Abadie-Emmanuel Signoret), *La Plume*, 15 novembre, 15 décembre 1895 et 15 janvier 1896.

Michel Abadie, Sur un sonnet de Paul Verlaine. *Revue indépendante*, septembre 1895. — Réponse d'**Henry Fouquier**. *Écho de Paris*, 19 septembre 1895.

Armand Silvestre. Critique littéraire. *Le Journal*, 4 avril 1896.

Jean Dayros, Michel Abadie et Signoret. *Ermitage,* 1896, t. I, p. 171.
Adolphe Retté, Aspects. *La Plume,* 1er juin, 1896.
Maurice Le Blond, *Essai sur le Naturisme.* Édition du *Mercure de France.* Paris, 1896.
Saint-Georges de Bouhélier, Un Manifeste. *Le Figaro,* 10 janvier 1897.
Louis de Saint-Jacques, « Les Voix de la Montagne ». *La Plume,* 15 juin 1897.
Maurice Le Blond, Michel Abadie. *La Revue naturiste,* avril 1897.
Naturisme (numéro spécial consacré au). *La Plume,* 1er novembre 1897. Ce fascicule contient un portrait du poète d'après une photographie.
Saint-Georges de Bouhélier, *Les Éléments d'une Renaissance française.* Bibliothèque artistique et littéraire. Paris, 1899.
Pierre Quillard, « L'Angélus des Sentes ». *Mercure de France,* juin 1901.
Catulle Mendès, *Rapport à M. le Ministre de l'Instruction publique sur le mouvement poétique français de 1867 à 1900.* Paris, Fasquelle, 1903.
Georges Le Cardonnel et **Charles Vellay,** *La Littérature contemporaine.* Société du *Mercure de France.* Paris, 1905.
Georges Casella et **Ernest Gaubert,** *La Nouvelle Littérature 1895-1905.* Sansot, éditeur, Paris, 1906.
Amédée Boyer, *La Littérature et les Arts contemporains.* A. Méricant, éditeur. Paris, 1910.
Léon Placide, « Le Cœur de la Forêt ». *L'École nouvelle,* 19 novembre 1910.
Pierre Quillard, « Le Cœur de la Forêt ». *Mercure de France,* 1er décembre 1910.
Stéphane Servant, Michel Abadie. *Les Tablettes,* janvier 1911.
Albert Fleury, Puissance du Poète. *Les Tablettes,* mars 1911.
Abel Tortrat, Édouard Jouin et **André Redon,** Le Berry, étude géographique et historique. Imprimerie Tardy-Pigelet, Bourges, 1913.
Fernand Clerget, *Michel Abadie* (petit volume de 88 pages, orné de trois portraits d'Abadie, par Antonin Guéton et Romuald Joubé). Bibliothèque de l'Association. Paris, 1918.
Jacques Martel, Michel Abadie. *Le Flambeau,* août-septembre 1923.
Maurice Le Blond, Michel Abadie. *Les Marges,* 15 octobre 1923.

Guy Vanhor, Le Tombeau de Michel Abadie. *Journal de l'Indre,* 18 décembre 1923.

Abel Tortrat, Une interview à propos de Michel Abadie. *La Dépêche du Berry,* février 1923.

IV. — NOTE SUR LES INÉDITS DE MICHEL ABADIE

Les inédits de Michel Abadie se composent de poèmes déjà publiés dans des revues et de pièces manuscrites. Il n'est pas rare de trouver dans les cahiers laissés par le poète plusieurs variations sur le même thème. Lorsqu'Abadie avait donné à l'une de ses poésies sa forme définitive, il avait coutume d'écrire, sur le coin gauche du feuillet, la mention *à classer.* C'est seulement ces pièces-ci que nous nous sommes crus autorisés à publier dans le présent volume.

Le dépouillement des notes qu'il a laissées nous permet de conclure que Michel Abadie travaillait à trois recueils : *La Couronne d'Asphodèles, Les Odes héroïques, Les Yeux pleins d'étoiles.*

1° *La Couronne d'Asphodèles,* d'après une note retrouvée, devait être constituée d'une suite d'élégies inspirées par des êtres chers ou des amis disparus. En voici la nomenclature : *A mon Père, A ma Fille, A Raoul Puyo, A Fleury, A X..., A Vital Coulhon* (jeune statuaire de grand talent, mort prématurément, et qui fut pendant quelques années directeur de l'École des Beaux-Arts de Bourges), *A Olivier Hourcade, A Stéphane Servant* (philosophe autodidacte et poète, directeur de *La Revue intellectuelle,* l'un des amis les plus chers d'Abadie et qui eut le plus d'action sur l'orientation philosophique de l'auteur du *Cœur de la Forêt), Aux Morts, L'Idiot de Baucèens, Sur le Tombeau de Mallarmé, Sur le Tombeau d'Eugénie de Guérin.* Michel Abadie avait fait demander pour cette œuvre, restée presque totalement à l'état de projet, une préface à Francis Jammes;

2° *Les Odes héroïques,* poèmes inspirés par la guerre. Nous n'avons trouvé aucune note susceptible de nous renseigner sur le caractère ou le plan de l'ouvrage. Trois de ces odes héroïques ont été écrites : *La Tombe du Petit Zouave, Le Rossignol de Verdun, Charles Péguy* (aucune de ces pièces, d'une écriture souvent peu déchiffrable, n'était accompagnée de la mention *à classer);*

3° *Les Yeux pleins d'étoiles* (recueil de poésies intimes). Les poésies suivantes, *Le Jardin* et *Pour deux Jeunes Filles,* devaient prendre place dans ce dernier recueil, ainsi que *L'Épître à Francis Jammes,* publiée pour la première fois dans *Les Tablettes* du 30 mai 1911.

Les Odes d'Aurore, hymnes resplendissants de lyrisme, sont éparses dans *Les Voix de la Montagne*, *L'Angélus des Sentes* et *Le Cœur de la Forêt*. Le poète se proposait de les réunir en volume, et il y aurait compris les pièces dont voici la nomenclature : *A Paul Verlaine*, *A Baudelaire*, *A Mistral*, *A Émile Zola* (cette ode a été publiée, pour la première fois, dans *l'Avenir du Cher*, en 1898. Elle a été récitée par Mme Madeleine Roch, au pèlerinage de Médan de 1906), *A Jules Laforgue*, *A Jean Moréas*, *A Saint-Georges de Bouhélier*, *A Joachim Gasquet*, *A Maurice Magre*, *Tyrtée*, *A la Langue romane*. De ce recueil, tout prêt à paraître, nous n'avons voulu distraire que trois odes ou fragments d'odes susceptibles de délimiter le rôle d'Abadie dans l'histoire de la poésie contemporaine. *L'Ode d'Aurore à Achille Millien*, qui pourrait trouver place dans ce recueil, a été insérée parmi les inédits en raison de son caractère testamentaire.

***

Ses derniers vers. Ces deux poésies nous ont été communiquées par M. Albert Perrin, le bibliophile, ami du poète, qui les reçut accompagnées d'une lettre, datée du 14 décembre 1922, veille de la mort de Michel Abadie. A la suite de la pièce *A boire ensemble l'or...*, Abadie écrivait : « *Je n'ai pas osé publier ce sonnet parce que le dernier vers m'apparaissait bêtement comme une réminiscence. Je ne le pense pas. Mais le doute est là, parfois, si lancinant. Aide-moi à sortir de là. Dis-moi si tu as lu cela ou quelque chose d'approchant chez un poète contemporain, Rostand, Samain ou d'autres...* » Tout Abadie, avec sa modestie et son inquiétude scrupuleuse, se retrouve dans cette fin de lettre.

TABLE DES MATIÈRES

LE CŒUR DE LA FORÊT

ODES D'AURORE

POÈMES INÉDITS

SUR LA TOMBE DE MICHEL ABADIE

Ce volume
édité par les soins des « Amis de Michel Abadie »
a été achevé d'imprimer le 1er Juin 1924
sur les presses de l'Imprimerie Nouvelle l'Avenir
à Nevers.
Le produit de sa vente
est destiné à élever un monument au Poète
dans un jardin public de Bourges.

Font partie
du Comité des « Amis de Michel Abadie » :

MM. Frédéric BATAILLE, Martial BESSON, Saint-Georges de BOUHÉLIER; J.-L. BRETON, sénateur, ancien ministre; BURIOT-DARSILES, H. CHARBONNIER; Gustave CHARPENTIER, de l'Institut, compositeur de Musique; Fernand CLERGET; FOUCRIER, directeur de *la Dépêche du Berry;* GESTAT, président du Conseil général du Cher; Fernand GREGH, HAN RYNER, Francis JAMMES; Romuald JOUBÉ, de la Comédie Française; Gustave KAHN, Hugues LAPAIRE; Henri LAUDIER, ancien député, maire da Bourges; Maurice LE BLOND, Sébastien-Charles LECONTE, Maurice MAGRE, Jacques MARTEL; H. MAUGER, sénateur et Mme MAUGER; Eugène MONTFORT, Jacques NOIR; PAJOT, sénateur; Albert PERRIN, Edmond PILON, Georges PIOCH, Marcel PLAISANT, député; Ernest RAYNAUD, Abel TORTRAT, Dr VALUDE, député.

www.ingramcontent.com/pod-product-compliance
Ingram Content Group UK Ltd.
Pitfield, Milton Keynes, MK11 3LW, UK
UKHW021106290826
14628UKWH00014B/851

9 782329 339436